字旅人間

馮珍今 著

匯智出版

責任編輯：羅國洪
封面題字：葉榮枝
裝幀設計：胡　敏

書　　名：字旅人間
作　　者：馮珍今
出　　版：匯智出版有限公司
　　　　　香港九龍尖沙咀赫德道2A
　　　　　首邦行八樓八〇三室
　　　　　電話：二三九〇〇六〇五
　　　　　傳真：二一四二三一六一
　　　　　網址：http://www.ip.com.hk
發　　行：聯合新零售（香港）有限公司
　　　　　香港新界荃灣德士古道二二〇至
　　　　　二四八號荃灣工業中心十六樓
　　　　　電話：二一五〇二一〇〇
　　　　　傳真：二四〇七三〇六二
印　　刷：陽光（彩美）印刷有限公司
版　　次：二〇二一年七月初版
國際書號：978-988-75442-1-0

序

樊善標

翻開馮珍今女士的《字旅人間》，有一種如見熟人的安心平靜。

珍今於我本是新亞書院的大師姐，多年前就從散文集《見雪在巴黎》知道她的名字。她在工作時對我充當主任的香港文學研究中心多所支持，漸成不拘年齒的朋友。二〇一四年她退休後，海闊天空，遊興勃發，偶爾見面不是說剛從哪裏遊罷回港，就是正收拾行囊準備出門，旅行之間的空檔則沉澱思緒，整理照片，遊記一篇接一篇發表，令我羨慕不已。

過得一段時日，也許習慣了無拘束的生活，節奏慢下來，外遊稍疏，但文章沒有減產。我常在不同刊物上讀到她的人物訪談或特寫，不久更收到結集成書的《字旅相逢：香港文化人訪談錄》、《字旅再相逢：十二位香港文化人的故事》。連同早一些出版的散文集《字裏風景》、《走進中亞三國：尋找絲路的故事》，珍今似乎不僅沒有退休，反而拿起放下多年的創作之筆，更勤快地為自己而工作。

珍今喜歡同音的「字裏」、「字旅」，一再用為書名。「字裏」是寫作人創造的世界，能稱心而寫，不必考慮稻粱謀，已足令人興奮，何況還有旅遊觀光的經濟、健康等條件。珍今毫不怠慢把人間、風景收於筆下，可謂不辜負她的筆名了。

《字旅人間》分為三輯。第一輯是遊記，所遊北韓、外蒙古、西伯利亞、伊朗等皆不屬於普通名勝之地，另外寫到的東北瀋陽和日本輕井澤，我也沒有到過，但跟隨着明晰的文字、豐富的照片神遊遠方，竟也像沒有掉隊。珍今在其中一篇遊記裏說行色匆匆，有「霧裏看花」之憾，或許因此她並沒有流露指點江山的神氣模樣，我倒認為是旅人應有的態度，也是和珍今相處的感受。

第二輯是聽講座、看展覽等的後感。熟悉的感覺主要來自這一輯，因為好些活動我也在場，例如《曲水回眸——小思訪談錄》發佈會、《西西研究資料》座談會、中大文物館「香港印象」繪畫攝影展。這幾篇文章對活動內容的介紹當然充分而有條理，更重要是從選材和聚焦可以看到她的關注所在。〈水曲悠悠無盡時〉用粵語引述小思老師那句「有嘢就快啲做」，真是聲情俱到，宛在目前。

第三輯沒有單一主題，除了最後兩篇知性文章外，其他諸篇情味強烈。從黃勁輝拍攝的也斯紀錄片《東西》談到昔日和也斯的接觸、從豐子愷漫畫談到與畫家兼散文家綠騎士的交往和合作、從已經成材的舊學生談到風采依舊的中學老師，貫穿其中的是作者的人生。其實也不妨說，種種接觸、交往和緣份，加總起來就是每個人的一生了。

全書讀來最感熟悉是這輯的〈自家蒸製蘿蔔糕〉。明明是初讀，為甚麼文中幾處轉折都似曾相識？細意回想，才記得幾個月前一次午飯閒聚時，珍今娓娓憶述母親當年了得的廚藝，並知道她在疫病肆虐、不宜常常外食的時候，生出仿效母親下廚的念頭。原來她的製成品不止是蘿蔔糕，還有這篇散文。希望疫情消退之後，珍今精進廚藝的熱情仍舊不減，把母親的美食一一製作、描述出來。

二〇二一年五月十九日佛誕

目錄

爲有源頭活水來

人間有味是清歡

風景依稀過眼生

哪管東師入瀋陽

——張學良與「九·一八」事變

大帥府

張學良舊居

二〇一二年八月底，我們傍晚從香港出發，接近凌晨時分，才抵達瀋陽市。第二天的早上，首先造訪的是「張學良舊居」。這所「大帥府」，既是張作霖、張學良父子的官邸，也是其寓所。

帥府的正門並不大，門廊上掛着一個匾額，上書「治國護民」四字。張氏父子能否真正治國護民，歷史是否已有公論，那就見仁見智了。

走進帥府的前廳，這所中式建築是個小四合院，現時已成了張氏家族的歷史陳列館——「百年張學良」。館內藏品豐富，包括歷史文物、照片、文獻，以及圖片、文字說明，漫步其中，可了解張氏父子的生平事蹟，同時亦可認識近百年中國歷史的變遷。

步出館外，只見遊人甚多，四周亂紛紛、鬧攘攘的，隨着密匝匝的人群，我們走進一個花園式院落——東院，眼前

大青樓

出現的就是著名的大青樓和小青樓。

小青樓是一棟青磚中式樓房，高兩層，是張作霖為他寵愛的五夫人所建的。一九二八年六月張作霖由北京返回瀋陽時，在皇姑屯附近被日軍炸傷後，醫治無效，最後病逝於此。

小青樓的北邊，就是大青樓，這是一棟仿歐洲哥德式的樓房，高三層，跟小青樓一樣，也是採用青磚建造的。當時是奉天城的最高點，站在樓頂，可俯瞰全城。大青樓的外觀相當漂亮，不愧是民國時期東北建築的經典之作。張作霖於一九二五年晉升為東北邊防督辦後，便在此商議軍事機密，制定重大決策和接待中外要員。登上一樓，最惹人注目的就是位於東北角的會客廳——老虎廳，此廳因擺放了兩隻老虎標本而得名，標本為湯玉麟所贈。

走出院子的東門外，眼前是一棟赭紅色兩層高的日式小樓——「趙一荻故居」，原來就是趙四小姐樓。

「趙四風流朱五狂，翩翩胡蝶最當行。溫柔鄉是英雄塚，哪管東師入瀋陽」——傳誦一時的諷刺詩倏地浮現腦海。

當年敢作敢為的趙四小姐，為了愛情，寧願不要名份，以秘書的身份陪伴張學良，在一九二八至一九三〇年間曾住在這裏。西安事變後，她仍不離不棄，直到台灣，在少帥「烽火餘生後，惟一願讀書」的幽禁日子裏，亦長伴張學良左右。

舊居自開放後，曾有不少名人來訪，其中一位就是陳香梅女士，她在一九九二年九月初訪舊居，並寫下一詩，詩云：

西安兵馬一盤棋　亦風亦浪不勝悲
少帥如今頭白髮　城北城南盼歸期

西安事變發生時，張學良只有三十六歲。他在九十五歲生日時說：「回憶近一個世紀的人生歷程，我對一九三六年發動的事變無悔，如果再走一遍人生路，還會做西安事變之事。」

張學良被軟禁超過半個世紀，至一九九〇年才恢復自由，但卻很長壽，逝世時已

張學良將軍像 —

是百歲老人，多年來，始終未能回到東北老家，未許重訪故居，是政治使然，還是甚麼因素？實在令人感到唏噓！

離開「大帥府」時，想起門前的「張學良將軍」塑像，雄姿英發的少帥，一身戎裝。

風流倜儻的他，一生傳奇，如「百年張學良」展覽的結束語所言：

> 張學良是中國歷史長河中的一顆巨星，雖歷盡滄桑，始終光彩照人，儘管他不是完人，世人對他的評價褒貶不一，但一個能為國家、民族甘於捨棄一切的勇者，一個熱愛生命、追求自由的強者，人們是永遠不會、也不該忘記的……

身為中國人，我們當然也不會忘記他。

翩翩舞影中的「九・一八」事變，更是揮之不去！

「九・一八」歷史博物館

就在離開瀋陽那天的上午，我們來到了「九・一八」歷史博物館。

博物館位於瀋陽市大東區的柳條湖橋，正是「九・一八」事變發生之地。當年念近代史，這場事變已如烙印般，鐫刻心中。想不到，多年後，竟然有機會來到瀋陽，踏足在這個地方。

為了紀念這件歷史事件，政府在這裏先修建了一座「殘曆碑」。一九九七年開始擴建，至一九九九年九月十八日，博物館正式落成啟用，館名為江澤民所題。館內展出照片八百餘幅，並有大量文獻和檔案資料。

走進博物館前方的廣場，映入眼簾的，正是「殘曆碑」。這座以花崗岩築成的巨型的石雕，設計者為瀋陽魯迅美術學院賀中令教授，其外形恍如一本翻開的枱曆，左右對稱。

右面一頁銘刻着：「1931　9月小　18　星期五　農曆辛未年　七　十三秋分」等字樣。

左面一頁鐫刻着：

殘曆碑——

夜十時許
日軍自爆南滿鐵路柳條湖
路段反誣中國軍隊所為遂
攻佔北大營我東北軍將士
在不抵抗命令下忍痛撤退
國難降臨人民奮起抗爭

短短的六行字，交代了事變的始末。

然而，為甚麼日本關東軍在一夜之間便攻佔了瀋陽？是因為張學良「接蔣介石命令不抵抗」，還是因為他誤判情勢，下令不抵抗所致？蔣、張兩人已先後辭世，這宗歷史懸案，至今仍是個謎！

我想，如果當時的東北軍拒絕服從「不抵抗」之令，中國的命運是否會改寫？念之不無感慨。

石雕枱曆上彈痕密佈，有若百孔千瘡，無數骷髏隱約可見……

在「殘曆碑」的前面，有一座「警世鐘」，懸掛在三角形的支架上。此鐘亦由賀教授設計，以青銅鑄造，正面鑄有「勿忘國恥」四個大字，背面的銘文則記述了事變的經過，鐘身鏽跡斑斑，鐘裙上刻有環形浮雕，凝重典雅。

廣場的一側，倒放着一座「九・一八事變柳條湖爆破地點碑」，此碑以水泥建成，是關東軍在一九三八年修建的。碑體造型酷似炸彈的尾翼，立於兩米多高、正面刻有「爆破地點」字樣的石砌基座上，正是日本侵華的罪證。

主館的展覽分為七個部分，首先從日本侵華的歷史背景說起，通過雕塑、場景、圖片、文字說明，以及歷史照片、文獻、文物等，為我們展現了東北的老百姓，如何從亡國奴逐步走向抗戰勝利的歷史圖卷，最後用「以史為鑑，盼望和平」作結。

在展館內一路走來，湧上心頭的，有傷痛、有悲哀、也有憤怒！

此展覽內容之深刻詳盡，設計之靈動有致，至今難忘。印象至深的，是其說明文字，除了中、英文之外，還附有日文。我深信，這是寫給日本人看的，好讓他們認識

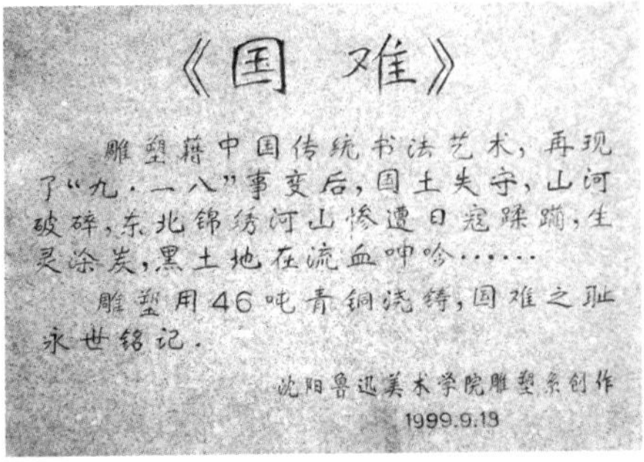
《国难》
雕塑藉中国传统书法艺术，再现了"九·一八"事变后，国土失守，山河破碎，东北锦绣河山惨遭日寇蹂躏，生灵涂炭，黑土地在流血呻吟……
雕塑用46吨青铜浇铸，国难之耻永世铭记.
沈阳鲁迅美术学院雕塑系创作
1999.9.18

上・《國難》碑記
下・雕塑《國難》

清楚自己國家的侵略行動，是何等的殘酷陰險！

教人難以忘懷的，還有兩件巨型的雕塑，為瀋陽魯迅美術學院雕刻系創作。其中一件雕塑名為《國難》，鑲嵌在展覽館南面入口處的牆上，如凌空躍起。作品附有碑石為誌：

> 雕塑藉中國傳統書法藝術，再現了「九・一八」事變後，國土失守，山河破碎，東北錦繡河山慘遭日寇蹂躪，生靈塗炭，黑土地在流血呻吟……
>
> 雕塑用46噸青銅澆鑄，國難之恥，永世銘記。

另一雕塑為《奮起》，鑲嵌在東面的牆上，刻劃了東北義勇軍奮起抗日，英勇殺敵；中國人民最終取得勝利等場面，表現了中華民族志氣昂揚、奮勇抗爭的精神。

步出展覽廳，只見廣場上矗立着一座高高的抗日戰爭勝利紀念碑，由三塊倒立的梯形柱體組成，有氣衝雲霄之勢。

廣場周邊的地上，堆放了不少石碑，大多是日本人於一九三一年後所建的，如奉天忠靈祠石碑、奉天妙心寺別院石碑、日式供養碑、「八幡大神」石碑等。在眾多的石碑中，我們竟發現了「鄭孝胥夫婦墓碑」，並附有碑石說明：

> 鄭孝胥是清末中國官僚，「九．一八」事變後，曾參與偽滿洲國的籌建……一九三四年任偽滿洲國國務總理大臣。一九三八年初春，七十九歲的鄭孝胥在長春病逝，後葬於瀋陽東郊努爾哈赤墓附近，現已無存。……

漢奸的墓碑，雜放於日人碑石之間，實在毫不出奇。這堆石碑，見證了歷史的變遷，也是日本侵華的鐵證。

博物館的四周由不規則的綠色草坪所圍繞，據説，從空中俯視，恰似一幅巨大的中國東北地圖。

離開博物館，時間彷彿倒流了，凝住在一九三一年九月十八日。「勿忘九·一八」，江澤民在館壁上的題字仍在眼前晃動。

為了勿忘「九·一八」國恥，一九九五年開始，瀋陽市於每年的「九·一八」晚上十時二十分，為全城鳴響防空警報三分鐘，並舉行紀念活動。自二〇〇〇年起，在警報鳴響之前，博物館先舉行紀念儀式，擊響警世鐘十四下，寓意中國抗戰十四年。

歷史一頁頁的翻過去，日本政府一直拒絕承認自己的侵略行動，官員高調參拜靖國神社，並一再表示，不會為侵華歷史向中國道歉。時至今日，釣魚台事件擾攘多時，日本政府之野心，可謂路人皆知，中日之間的問題，仍不斷困擾着我們。

甚麼和平友好，大抵只是謊言！

人間正道是滄桑

——記北韓之旅

東北之行，主要是取道瀋陽，前往丹東，然後到北韓去。

真不巧，剛碰上了百年難得一遇的超級颱風——「布拉萬」橫掃朝鮮半島，丹東通往北韓新義州的關口關閉了。我們只好留在瀋陽參觀，並遊覽了本溪水洞。延遲了兩天才前往丹東，留在北韓的時間亦由四天濃縮為三天。

向前去——從新義州到平壤

才不過早上六時許，丹東的海關已是人山人海，想不到，這麼多的旅客出境。他們全都是到北韓去的嗎？

我們老老實實的在海關辦事處的門外排隊輪候。

進入辦事處裏面後，卻全無秩序可言。插隊的插隊，亂擠的亂擠，行李、貨物隨意堆放在地上……，我們嚇得目瞪口呆，只能拚命護着自己的行李箱。

好不容易，過了關，然後再乘車。

不消一刻，已抵達北韓的新義州。

下車後，懷着忐忑的心情，再排隊輪候。

經過刁斗森嚴的關卡，大家都戰戰兢兢的，男女分開兩隊，各自接受關員逐一的搜查。

除了簡便的行李，我帶了一本中文書同行。結果當然是——被扣留了，還遭關員盤問。關員是懂中文的，將我帶來的《舊箋》翻閱了好一陣子，原來書中有些插圖觸動了他們的神經，要我逐一解釋。我後悔得要命，帶了這本書來，幸好最後還是放我走，也將書發還給我。

有些朋友更慘，行李箱被翻得亂七八糟的，狼狽地收拾……也有人帶來的書籍被沒收了。

過了半天，終於審查完畢，大夥兒再坐上旅遊車。從平壤派來的導遊——操流利普通話的中年男子，倒也笑容可掬，他把我們帶到火車站去，叮囑我們在月台上靜候上車。

進入火車的車廂後，我們被安排坐在「包廂」內，每廂可容八人，每邊四人，彼此相對而坐，車內有微弱的空調。「包廂」外是一條窄窄的走廊通道，外面是窗。

我們坐的包廂，除了六位相熟的朋友，還有兩位內地的旅客，他們是法律界的專業人士，剛在丹東開完會，順道到北韓去遊玩。

在車上，每人獲配給一個盒飯。料不到，盒飯倒份量十足，有菜有蛋有肉，還有魚塊，雖然是冷冰冰的，也蠻可口，朋友帶來的泡麵都派不上用場。

好不容易才開車。

在火車上不准拍照，也不可胡亂走動。我們坐在包廂內，只好看看書、聊聊天。

坐着坐着，累了，便走出包廂外的通道倚窗而站，遊目四顧……

只見窗外大部分是低矮的山坡地，多是田野房舍，偶見公路廠房。

路上行人不多，雖然未至於衣衫襤褸，也是比較貧寒清苦的樣子。

汽車不多，偶爾有人騎着自行車，緩緩而行。

牛也不多，眼前所見的牛隻，都是瘦骨嶙峋的。

行車非常緩慢，比大學時代坐的柴油火車還要慢。

不知過了多久，火車停下來。

平壤火車 —

以為到了。大家欣喜若狂。原來不是。

月台上聚集的，應是當地平民，或站或蹲，有的在抽煙；有的在聊天……

我們只能留在車廂內，不許下車，也不敢輕舉妄動。

擾擾攘攘，枯坐了接近一小時，火車才開動。

停停。動動。停停。動動。停停。動動。

停了好幾次。

行行重行行……差不多五時，終於捱到平壤。

平壤火車站給我的感覺很大，人，卻不多。我昏頭昏腦的，隨着大家步出車站。然後，再坐上旅遊車，車上來了一位年輕漂亮的女導遊，沿途以標準的普通話介紹北韓及平壤的概況。

平壤的市容很整潔，街道寬廣，沒有高聳密集的樓群，但每座建築佔地很大，現代化的樓房倒也不少。

路過新型的住宅，遠遠望去，每個單位都有方方正正的露台，而且種上齊齊整整的鮮花，不管是真花還是假花，都有點夢幻感。

路上的行人大都衣履整齊，但我們在街上看到的市民，其實並不多。

大型歌舞劇《阿里郎》

《阿里郎》——人間那得幾回看

抵埗時已近黃昏。

晚飯也是有菜有蛋有肉，菜很清甜；蛋很新鮮；米飯很香，很可口，肉雖然不多，對我來說，足矣。不知是肚子餓，還是甚麼，大家吃得很多，狼吞虎嚥的，還要加菜。

匆匆吃過晚飯後，便前往觀賞大型歌舞劇《阿里郎》。

表演場地在五一體育場，是個半露天的運動場，可容十多萬人，除了外國遊客，大部分的觀眾是本地人。從衣著打扮看來，有學生、有軍人、有官員，也有普通的平民。

《阿里郎》是史詩式的歌舞劇，參與表演的，多至十萬人。另有數千人，據說是中學生，在表演台的上方協助演出，他們熟練地變換手中的彩色紙板，藉此組合出背景或標語。瑰麗壯觀的佈景，不消一秒便可轉換過來，可謂神乎其技。

為了紀念「偉大領袖」金日成誕生一百周年，表演台的後上方，1912—2012的佈景在閃耀着。

表演的內容，大概可分成三部分。前段主要講述朝鮮半島的歷史、戰爭；中段展示的是北韓的政績，少不了金日成、金正日父子的光輝事蹟，以及建國後的成就與當代風貌；末段則向友好的中國，道出感謝之情。

「朝中友誼像碧綠的鴨綠江水一樣源遠流長，永世長存」——看到這樣的標語，心中不無感慨！

連場的歌舞，結合了聲光效果，有煙火、雜耍、武術和特技。既有煙火秀，亦有空中飛人。最可愛的一幕，是幼稚園的小朋友載歌載舞，四五歲的模樣，卻毫不怯場。一場接一場的表演，一浪接一浪的湧過來，緊湊得教人喘不過氣來。隊形變換之迅速，亦教人歎為觀止。

演出者背後艱苦的鍛煉，實在不難想像，台上一分鐘，台下十年功！

演出的要求是「零錯誤」，絕不能出錯！

沒有森嚴的紀律控制，也難以成事！

如果不是北韓，哪能製作出——如斯「精彩」的表演！

羊角島——別有天地在人間

晚上住進了羊角島飯店，羊角島，可真是「島」。

三面環河，只有一道橋連接外面的世界。

住進飯店後，你休想獨自跑出去。

飯店樓高四十多層，不期而遇的，是不同國籍的旅客。耳邊聽到的，是英語、法語、意大利語、德語⋯⋯，還有普通話，聲聲入耳。

也許，所有外來的遊客，都被安排入住這個名副其實的「孤島」中。飯店的地庫有一間港式餐廳；還有一所舊式的小型賭場，奇怪嗎？

至於房間內的設備，你可不能要求太高，床鋪還可以，浴室是漏水的。

最令人驚訝的，是房中的老爺電視機，居然能接收到英國的ＢＢＣ頻道，那簡直是一線生機，讓我們可以跟外面的世界有一點點的聯繫。

你知道嗎？所有人的「手機」，早已留在丹東酒店的保管箱內，因為旅客不能攜

板門店

帶任何通訊器材入境。

三八線——刁斗森嚴板門店

也許，你對南北韓分裂的背景所知不多，然而南北韓間的「三八線」，你準聽過。

第二天早上，我們向板門店進發。以簽訂《朝鮮停戰協定》而聞名於世的板門店，位於三十八度線南五公里的砂川河畔，早期是個鮮為人知的小村莊，如今已成遊客必到之處。此地離首爾約六十公里，離平壤則約二百一十五公里。

我未到過南韓，也未到過板門店，想不到，第一次跑到這裏來，是在北韓這邊。

下車後，我們先進入一間房子，好幾團的遊客聚集在一起，由一位中尉擔任講解員，導遊作翻譯。講解員先在地圖前簡介板門店的地理環境，特別強調這村莊（和平之村）是兩

板門店的金日成簽名碑

韓非軍事區唯一有人居住的地方。

第一個參觀的是「和談室」——當年談判的會場。第二個參觀地是簽署《朝鮮停戰協定》的房子——「朝鮮停戰簽字會議場」。韓戰於一九五〇年六月二十五日爆發，一九五三年七月二十七日，南北韓的代表就在這裏簽訂停戰協定。如今，這座富有朝鮮民族特色的木結構大廳，已成為一個具有歷史意義的紀念場所。

我們還看了一塊金日成的簽名碑。講解員神色凝重地介紹金日成死前的情況——一九九四年七月七日，金日成簽署一份與南韓進行統一會談的文件，翌日因心臟病發與世長辭。碑上刻的正是當時的簽名。

「世上的領袖，從來沒有像偉大領袖金日成主席那樣在工作中逝世。」這是講解員的結案陳詞。

然後我們登上板門閣露台眺望邊界，南韓那邊當然也不乏訪客。站在這裏，想到當年參加抗美援朝戰爭的「人民志願軍」，一種難以言喻的感慨襲上心頭。

是悲傷？是哀痛？我已分不清。

在這場可怕的戰爭中，中國犧牲了十八多萬的戰士！

成均館——古都開城話當年

離開高度戒備、劍拔弩張的板門店，我們來到了開城的高麗博物館。

古都開城曾是高麗的首府，也是高麗人參的原產地。九一八年，王建曾於此地創立了高麗王朝，前後延續近五百年，在開城留下不少的歷史遺跡。韓戰時，開城仍屬南韓，炮火較少波及，不像平壤般被夷為平地，因此古跡可以保留原貌，而且大部分列入了世界文化遺產，成均館是其中之一。

十一世紀初葉，此處為高麗國的行宮——大明宮，當時曾作外國來賓的住宿地，稱「順天館」；後來又改作宣傳儒教的「僧務館」。一〇八九年，最高教育機關國子監遷到這裏，改稱「成均館」。

今天，這座古老的建築，已建成「高麗博物館」，於一九八八年開放，千餘件文物分別在四個展覽館展出。

成均館內的展館

端莊大方的女講解員，穿着朝鮮民族服裝，領着我們走進展覽館，逐一參觀。於我來說，最可觀的是二、三號館。

二號館藏有著名的高麗青瓷。

中國瓷器之中，我最愛天青，「雨過天青雲破處，這般顏色作將來」，似藍非藍，似綠非綠，有點偏灰……釉色溫潤柔和如玉。

「影影綽綽如青玉，玲瓏剔透如水晶」的高麗青瓷，又名翡翠色瓷器。雖不如天青般獨特，然色彩清新柔和，不完全青，也不完全綠，花樣纖細，造型優雅。

至於三號館的藏品，更彌足珍貴，有原來供奉在「寂照寺」的釋迦牟尼佛鐵像，以及八千多卷佛經。

館外亦不少超過千年的文物，有來自「玄化寺」的七層石塔及石碑；也有「興國寺」的石塔遺跡、「佛日寺」的五層石塔，以及「開國寺」的石燈等雕刻。

佛教從印度傳到中國，繼而東傳到朝鮮、日本去。建築、雕塑、繪畫等佛教藝術也在這些地方發展起來。眼前的塔寺、佛像……，是文化的積澱，亦見證了歷史的興替。

庭院內到處都是碧草青樹，古木參天，其中兩株銀杏樹，樹齡已逾千歲，仍綠樹成蔭，枝繁葉茂。其中一株更是空心的，看起來甚為奇特，幾可容一人置身其中。樹之所以空心，據云是為了不浪費營養，只要能支撐着生命就可以了。

成均館內的銀杏樹

空心銀杏樹

閱人多矣，誰得似庭中樹？樹若有情時，豈會得青青若此！

坐車回平壤，開城漸行漸遠。望着窗外的樹木、田野在飛馳，浮想連翩。

導遊曾説，北韓有八成的山地，耕地只有百分之十三，因此一旦遭遇天災，糧食就會緊張。

想到許許多多北韓的平民百姓，長期活在飢餓的邊緣中……他們憑藉甚麼，可以存活下去？

防空洞——美輪美奐説地鐵

趕回平壤，原來是要去乘坐地鐵。

在中國、前蘇聯等國的支援下，平壤地鐵在一九六八年動工，一九七三年開始通車。

據説，平壤地鐵是仿照北京及莫斯科的地鐵建成的，是世界最深的地鐵系統，深度在二十二至一百米之間，某些山區路段更深入一百五十米。

我們從「復興站」進入地鐵。

站在長長的扶手電梯緩緩下降，周圍的牆壁是灰灰白白的。乘扶手電梯，已花了差不多兩分鐘，離開扶手電梯後，還要走數十梯級才到達月台。怪不得有人説地鐵可能兼具防空洞的功能。

復興站的壁畫，主題是基礎建設，畫中人物的臉孔全露出躊躇滿志的模樣。華麗的拱門、古典的吊燈，在晦暗的光線下，月台顯出有點破落。導遊不斷催促我們上車。

列車十分嘈吵，大家扯大嗓門才能説話。可能是接近下班時間，車廂比較擁擠，我們與本地人坐在一起。有些人零星地站在一旁。站在我們附近，是一對可愛的小姊妹，紅紅的臉蛋，紮着短短的辮子，穿着綠色的制服，腼腼腆腆的樣子，非常惹人憐愛，大夥兒爭相拉着她們合照，導遊也沒阻止。

只坐了一個站，便得在「光榮站」下車。光榮站月台壁畫的主題是——春暖花開的大同江沿岸。大家繼續不停拍照，可惜未拍完，已被導遊不斷催促，要回到地面去。坐地鐵的過程快而短促，我們都在嘀咕，如果可以多坐幾個站就好了。

廣場上的金日成父子銅像

歸去——也無風雨也無晴

三天的旅程，比走馬看花還要差一大截，簡直就是霧裏看花。

除了上面提過的景點，我們被安排參觀的，當然離不了與偉大領袖相關的「名勝古跡」。

其一是萬景台。此地依山傍水，山清水秀，風景秀麗，萬景峰山麓下有一所茅屋，據說是金日成誕生地，也是他童年時代住過的舊居。舊居由隔院相望的房屋、庫房和低矮的籬笆組成。屋子內陳列了一些家具，展現了他困苦時期艱難生活的印記。既是偉大領袖的誕生地，茅屋便成了萬民瞻仰之所，遠道而來的訪客，亦不得不到此一遊。

其二是金日成廣場。在離開平壤的那天上午，我們被帶到大同江畔的金日成廣場。廣場建於

金日成廣場群像雕塑

一九五四年，於一九七二年金日成六十壽辰之際竣工，地面由花崗岩鋪設而成，是平壤舉辦慶典和紀念活動的中心場所。廣場周圍的建築都懸掛了金日成、金正日，以及馬克思、列寧的畫像。

遠遠看過去，廣場的中心巍然矗立着金日成、金正日父子的巨大銅像，不時有虔誠的尋常百姓，恭敬地走到銅像前獻花，並深深鞠躬，以示崇敬之情。

縱使是遊客，我們也必須列隊向金日成、金正日父子的銅像獻花鞠躬。鞠躬致意之後，大夥兒可以在偌大的廣場上自由蹓躂，瀏覽四周的景色，亦可隨意拍照。廣場兩側是紅旗下的群像雕塑，後面是朝鮮革命博物館，東側就是主體思想塔。

隨後，我們坐車回到平壤火車站，預備踏上歸程。

在候車期間，有文工隊在表演娛賓，有些朋友趁機再補購點紀念品。北韓的工藝品相當不錯，別具拙樸之美。

剛來的時候，大家都懷着戒慎恐懼之心；踏上歸程，大家都輕鬆多了。回程的火車，行車仍非常緩慢，但感覺卻完全不同。

坐在車廂內，大夥兒有說有笑的，仿似小學生放學回家一樣，吱吱喳喳的，說個不停。

途中卻發生了一宗措手不及之事，有一位朋友可能忘了——在火車上「不准拍照」的規條，朝窗外拍了幾張農田野地的照片。冷不提防，不知何處走出一個——身穿白色棉背心的大漢，將她的照相機一手奪去。嚇得眾人面面相覷，呆在當場。「背心男」一言不發，將相機檢視一番，示意她刪去照片三張。朋友不敢怠慢，二話沒說，立刻照辦。這個疑似「便衣警察」的漢子亦不再追究，揚長而去。

事後，大家都揑一把汗，戰戰兢兢的繼續坐車，循規蹈矩，再也不敢造次。

幾個小時後，火車終於抵達新義州，我們需要攜帶行李下車，站在月台上靜候，等待辦理離境手續。

又過了大半個小時，我們再登上另一輛火車，車廂卻擠得要命，也亂得受不了。很多朋友都沒座位可坐。

幸好，不消半小時，火車抵達丹東火車站。

步出火車站時，不知何故，腳步浮浮，有點如虛似幻的。

大夥兒平平安安回到中國的國土，感覺真的不一樣！

在那遙遠的國度

——外蒙古紀遊

從外蒙古旅行回來已多個月了，仍不時想起烏蘭巴托的喇嘛廟、博物館，哈拉和林廣闊無垠的牧區、草原上星群密佈的夜空，還有荒原上孤寂的黑城遺址⋯⋯

「紅色英雄」烏蘭巴托

外蒙古即蒙古國，於我來說，是一個廣闊而神秘的地域。據資料介紹，現時的蒙古國約有三百萬人口，而國土面積卻是香港陸地面積的一千四百多倍，是全世界人口密度最低的國家，而首都烏蘭巴托全年平均氣溫為零度，最寒冷時溫度更低至零下四十多度，可說是世界上最寒冷的首都。

坐在香港機場的候機室朝外看，停機坪上，「蒙古航空」飛機的標誌就像一頭奔騰的駿馬，雖然仍身處香港，思緒已飛馳至蒙古的大漠草原。

飛抵首都烏蘭巴托的成吉思汗機場，已接近六時，入境手續相當順利，步出機場，天色還是相當明亮，原來太陽到九時後才開始下山。

烏蘭巴托，意即「紅色英雄」，這個「四山之間」的城市，舊名庫倫，曾是藏傳佛教的中心和王公貴族居住的地方。不過，今天的烏蘭巴托，已由昔日的宗教中心變為全國政治、經濟和文化中心。

在烏蘭巴托的幾天，主要的參觀點，大部分都是寺廟和博物館，離不開宗教與政治。此行的第一站，就是位於市中心的國家歷史博物館。展館介紹了蒙古從石器時代到二十世紀的歷史，重點展示了成吉思汗如何統一蒙古，其後蒙古帝國的興起、元朝的建立、四大汗國的發展……，以至蒙古獨立後的情況。

認識一個國家，這是個相當好的開始。

十三世紀時，藏傳佛教開始成為蒙古統治階層信奉的宗教。至十六世紀，藏傳佛教的「黃教」傳入，佛教大盛。時至今日，大部分蒙古人都篤信藏傳佛教。

過去的庫倫，曾是哲布尊丹巴的駐錫地，寺廟特別多，外蒙獨立時，仍有上百座，至上世紀三十年代末期，在鎮壓統治下，遭大肆破壞，幾乎全被摧毀。少數寺廟保留為博物館，如興仁寺。此寺建於一九〇四年，原是哲布尊丹巴八世之弟喬金喇嘛的寺廟。館內藏有大量的藏傳佛教文物，包括藏戲跳神用的面具、禮佛法器，以及唐卡、佛像等。興仁寺在都市中被高樓大廈包圍，但整個建築群都很中國化，而且多是木造的。寺前的照壁精雕細鏤，刻有中國八仙之四仙——藍采和、曹國舅、鐵拐李、呂洞賓；前面的圓石座則刻有五隻蝙蝠，取其「五福臨門」之意，展現了濃厚的中華文化色彩。

至於博格達汗冬宮博物館，則是蒙古末代帝王博格達汗——哲布尊丹巴八世，在冬季居住的宮殿，於一九〇三年建成。宮殿的佈局呈三院結構，前庭廣場牌樓上的大匾額，以蒙、漢、滿、藏四種文字，寫着「樂善好施」四個大字。正殿和兩側的房子，分別展出珍貴的唐卡、佛像和法器，令人大開眼界。末代帝王住過的居所，是一棟古舊的二層樓房，裏面門窗緊閉，空氣非常渾濁，氣氛也顯得有點陰森，藏品大多是王公貴族的華麗服飾，以及各國使節贈送的貴重禮物；還有一些動物的標本，是博格達汗的個人收藏。展品中最矚目的，大概是個由一百五十張美洲豹皮製成的蒙古包。

興仁寺 —

博格達汗冬宮博物館 —

甘丹寺

寺院外的廣場，身披紅衣的小喇嘛徐徐走過

有人說過：「如果沒去過甘丹寺，就等於沒到過蒙古。」甘丹寺是此地最古老的寺院之一，建於十九世紀初年，可說是烏蘭巴托的起源地，有「極樂之地」的意思。大殿內原有的觀音銅像，早被熔掉，化成兵器炮彈。目前寺中這座寶像，是一九九七年才完成的，高二十五公尺，法相莊嚴，全身鍍金，瓔絡被體，望之令人心生敬畏。甘丹寺每天都有大批的信眾朝聖燒香，人擠人的，置身其中，有一種透不過氣來的感覺。步出寺院的廣場，有很多的灰白的野鴿子，或踱步、或飛翔，加上身披紅衣的小喇嘛徐徐走過，好一道亮麗的人間風景。

除了廟宇，美術館亦離不開宗教。札那巴札爾美術博物館，得名於哲布尊丹巴一世（俗名「札那巴札爾」），他是蒙古的第一位活佛及政教領袖，也是位多才多藝的藝術家，被視為蒙古的「達文西」。館內有一幅他的自畫像，散發出聰慧的氣質，綠度母菩薩是其代表作。館內的藏品，包括傳統的宗教、民間藝術，以及大量的佛像、佛畫、唐卡……，還有不少近代蒙古畫家的作品。在這裏，你可以欣賞到薩滿教和佛教的藝術品，亦可以看到反映遊牧生活細節，以至與馬有關的畫作。我最喜歡的一幅，是《在蒙古的一天》，洋溢着濃濃的生活氣息。

革命英雄蘇赫巴托爾的馬上英姿 —

蘇赫巴托爾廣場上的成吉思汗雕像 —

位於市中心的蘇赫巴托爾廣場，亦是遊客必到之處。偌大的廣場上，正中的雕像是革命英雄蘇赫巴托爾馬上的英姿。廣場是典型的蘇聯式建築風格，也有點像天安門。翻查歷史，當年蘇聯捧出這位精神領袖，目的就是消弭蒙古人對成吉思汗的崇拜。時移世易，蒙古政府在廣場以北，以白色大理石建成的政府大樓，中間坐着的，就是巨大的成吉思汗雕像，頗有君臨天下之勢。城外的成吉思汗山上，也有巨幅的成吉思汗畫像，佔據了整個山的側面，正正表達了蒙古人民對成吉思汗崇敬之意。

登上南郊博格達山，北坡上的翟山紀念碑，原為蘇聯建造，藉以紀念蘇蒙的友誼，以及二次大戰中犧牲的無名英雄。在山上遊目四顧，土拉河靜靜地向西流去，市區的水泥大樓，山邊的蒙古包，全都一覽無遺。

除了參觀活動，其中一天的傍晚，是在國家劇院觀賞國家歌舞學院的演出，既有唱歌、舞蹈、軟骨功，以及宗教傳說的表演……，還有龐大樂團的演奏。印象最深刻的，是蒙古人特有的「喉音歌唱」，聲音從喉底裏發出來，配合馬頭琴的伴奏，有種獨特的神秘感。對於這個演出，大夥兒原先並不抱太大期望，欣賞後卻深受感動，想不到蒙古傳統藝術是如斯的精彩絕倫。

在烏蘭巴托只有短短數天，大部分時間在市內活動，看來要往哈拉和林的牧區，才可一睹「天蒼蒼，野茫茫，風吹草低見牛羊」的草原景色。

「自由之都」哈拉和林

隨後，我們便向哈拉和林進發。奔馳在公路上，無垠的草原在窗外掠過，牛群、羊群、馬群在自由徜徉……偶爾還看見大鷹在空中盤旋。

哈拉和林位於鄂爾渾河河谷，是成吉思汗欽定的首都。一二三五年，窩闊台正式定都哈拉和林，開始修築城牆，至一二六四年，忽必烈才將首都遷往大都。元朝滅亡後，哈拉和林才被明朝軍隊夷為平地。哈拉和林的興衰就是蒙古歷史的一個縮影。

路上草原風光怡人，但是路程漫長，中午在一間度假村停下來，吃了一頓傳統的美食——「石頭烤羊肉」，我對羊肉興趣不大，但與之共烹的紅蘿蔔和馬鈴薯，卻好吃得不得了。

飽餐之後，我們繼續往「哈拉和林博物館」進發。開館只有五年的博物館，看上去規模不大，外形卻很現代化，展覽的中心是一個微型的城市模型。據資料記載，當時城中有佛教的寺廟，還有清真寺和基督教堂，可見當時蒙古的首都，是個宗教自由的都市。館內的展覽主要分為三部分，包括石器時代、青銅時代、蒙古帝國前史及蒙古帝國。由於時間緊迫，我們還需趕往額爾德尼召寺，故此只能在最後一個展區轉了一圈，看了成吉思汗、窩闊台的銀幣，忽必烈的御匾，以及相關的歷史文物，便得匆匆離去。

十六世紀末，蒙古部族出身的達賴四世，在故城的原址，以殘磚敗瓦建起了蒙古最早的黃教寺廟——額爾德尼召寺。其後，陸續的增修重建，被一百零八座白塔圍繞着的廟宇，曾多達一百座。上世紀三十年代時，在宗教迫害下，倖存的就只有三座殿堂，其他的建築全被摧毀。我們參觀的時候，眼前所見的法器、佛像、唐卡，已有數百年的歷史，據說是當時的居民，偷偷冒險埋藏起來的。

額爾德尼召寺

烏龜石

白塔

度假村裏的蒙古包內貌

當年的皇城四周，各有一座烏龜石鎮守，象徵「長壽無疆」，寺廟附近的山上，現在還留有一座。烏龜石的下坡，有個被欄杆圍起的陽具石，原用作提醒年輕的喇嘛不要犯戒，現已成了婦女求子的奇石。

走上附近山坡上的紀念碑，站在青青的草坡上，可遠眺壯闊的鄂爾渾河流域，亦可俯瞰白塔圍繞的額爾德尼召寺。紀念碑的外面圍以環形的三面牆，牆上用馬賽克瓷磚，標示出蒙古不同時期的版圖，藉以緬懷過去那段輝煌的歷史。第一面是匈奴時期，有麋鹿與馬的圖案；第二面是突厥時期，牆上畫的是草原石人；第三面是蒙古帝國時期，繪上成吉思汗與蒙古騎兵的畫像。

鄂爾渾河全長一千一百二十四公里，流經外蒙古北部，在蘇赫巴托附近和色楞格河匯合後，然後繼續往北注入貝加爾湖。

晚上入住的蒙古包度假村，就在鄂爾渾河畔，蜿蜒暢流的河水，見證了草原上無數王朝的興衰。第一次住蒙古包，我感到非常雀躍。可是，走進蒙古包內，便發現那只是徒具外形的營帳，裏面的佈置，有如一般酒店的房間，中央沒有生火的爐子，不用燒牛糞取暖，卻有供應暖氣的「空調」。看來，許多傳統的東西都無法躲過被「現代化」的命運。

原以為晚上可以觀星，可惜日落之後，村內的路燈仍很明亮，天上的星兒稀疏寥落。幸而半夜醒來，步出帳外，被一大片黑暗包圍着，卻見天上繁星燦然……至今仍宛在目前。

離開度假村後，我們又直奔草原，尋覓「黑城遺址」去也。蒙古國的基礎建設仍在起步階段，哈拉和林許多地方還沒有柏油路，其實根本就沒有路，車子直接在草原上奔馳，隨便駛過去就是路，在崎嶇不平的路上顛簸了個多小時，司機還要一再停下車來，向草原上的牧民問路。折騰了半天，車子終於停下來了，只見草原上的古城牆，就在不遠處突兀而起，大夥兒難掩興奮之情。

烈日當空，我們步行穿過起伏的草地，爬到城牆上，沿着城牆施施而行，極目四望，四處荒草鬱鬱葱葱，地上亦見磚瓦殘片。這座草原上的孤城，建於七五一年，原是回鶻汗國的首都，至八四〇年，因吉爾吉斯人的突襲，回鶻汗國就此滅亡。如今，在這個古城的遺址，考古學家仍在發掘文物，據說曾找到唐代風格的蓮花紋瓦當。

離開古城之後，又繼續上路，路上滿佈坑坑洞洞，車子在途中突然停下來，原來輪胎磨破了，幸而及早發現，沒有造成意外。司機雖然年輕，但經驗豐富，車上帶有修車工具，以及後備輪胎，附近牧區的牧民，目睹車子拋錨，也跑過來幫忙，不多久車子便修好了。也許，仗義每多「屠狗輩」，應改為仗義每多「牧馬人」！

我們的下一個目標，就是一方石碑。

唐朝時期，活躍在蒙古高原的遊牧民族是突厥人。刻有突厥文與漢文的「闕特勤碑」原立於和碩柴達木湖畔，現已移進展覽館中。石碑是突厥汗國的毗伽可汗，在七三二年，為紀念其亡弟闕特勤而建立的。「闕特勤碑」一面為漢文，是唐玄宗親自撰寫的銘文，描述了突厥和唐朝的友好關係；另外三面卻是突厥文，在突厥文的銘文中，除緬懷闕特勤、記載其功績外，字裏行間，卻充滿了對唐朝的仇恨，以及對漢人的懷疑。銘文內容的截然不同，戲劇化的對比，反映了當時兩國間微妙的關係。

蒙古草原曾是古代匈奴、鮮卑、柔然、突厥、回紇、契丹、黠戛斯、韃靼等多個遊牧民族生活之地，最後一個是成吉思汗統一的蒙古部族。三千多年以來，草原上的遊牧民族，與中原農業民族之間，既有不少衝突，亦有融合之處。

外蒙於一九二一年，在蘇聯支持下脱離中國獨立，並於一九二四年成立「蒙古人民共和國」。直至蘇聯解體後，在一九九二年，外蒙開始民主化，改名為「蒙古國」。這個草原之國，從傳統走向現代，在發展的過程中，亦出現不少問題。

鑑古知今，想起今時今日的中蒙關係，
箇中可有值得反思之處？

闕特勤碑

貝加爾湖，西伯利亞的「藍眼睛」

乘坐世上最長的「西伯利亞鐵路」，是自小的夢想，從蒙古的烏蘭巴托到俄羅斯的伊爾庫茨克，只是其中一段，但此行的目的地，卻是貝加爾湖——蘇武牧羊的北海，大家都滿懷憧憬而來。踏進火車廂內，興奮的心情，先被火車的陳設，澆了一盆冰水，六十年代中國大陸的火車，你坐過沒有？聽説，就是這個模樣。

火車嘎吱嘎吱的緩緩向前走，窗外不停地下着雨，而且雨勢愈來愈大，迷迷濛濛的景色，不住在眼前晃動，期待已久的旅程，卻遇上了惡劣的天氣，更沒想過在火車上度過了難熬的一夜。

晚上十一時左右到達邊境，蒙古國的關員一點也不囉唆，不到一個小時就辦好出境手續。火車很快開動，原來只是換軌而已，列車仍留在原來的火車站。大家都乖乖留在自己的廂房裏，等候辦理俄羅斯入境手續。等了半天，幾個穿軍服的俄羅斯官員，帶同警犬登上火車，慢條斯理地走進每個包廂，盤問之餘，是地毯式的搜查，翻箱倒篋的檢視，接着是漫長的等待，好不容易才取回護照，再聽到火車的汽笛聲，列車開動時，已接近淩晨二時半。洗手間外，一條長長的「人龍」在排隊，正等候服務員——「酷酷」的俄羅斯大媽來開鎖解封……

第二天，火車沿着貝加爾湖邊行走，外面的風雨彷彿更大了。無垠的湖在外

聖尼古拉教堂 —

面，一路延伸過去，灰濛濛的一片，看不到盡頭。我嘗試安慰自己，待雨過天青後，便能一睹西伯利亞的「藍眼睛」！

折騰了二十四小時，火車終於走進伊爾庫茨克的車站。

滂沱大雨中，我們乘車到貝加爾湖畔的利斯特維揚卡鎮，先遊聖尼古拉教堂，橙色的外牆，襯以白色的窗櫺，紅藍相間的穹頂，頂端還有十字架。附近是民居，在一排排低矮木屋的映襯下，這幢木造的東正教堂，顯得獨特清新而典雅。聖尼古拉是旅人與水手的保護者，是俄羅斯人特別崇敬的聖徒，據說教堂的建造者是一位海上歷劫歸來的商人。

天氣愈來愈壞，雨勢也愈來愈大，我們跑進貝加爾湖博物館，好好地上了一課。幸好導賞員很專業，詳細介紹了湖的生態和地質，以及水中的動、植物世界。

外形像一彎新月的貝加爾湖，是一個天然的淡水湖，也是世界最深、最古老的湖泊，自古以來，一直被視為是神聖之海。據説，湖水是活的，每個水層都含有豐富的氧氣，而湖底深處亦有很多溫泉。湖中的動植物非常豐富，種類繁多，是俄羅斯主要漁場之一。湖中有一種半透明的小蝦，專門啃食腐死生物，導致湖水特別清澈透明；著名的淡水海豹，亦只有在這兒才能生存，已被列為受保護動物。博物館的展品不少，除了標本之外，也有活生生的魚類，最可愛的還是海豹，胖胖的身軀，在偌大的特製水缸中游來游去，靈活自如，惹來陣陣的喝采和歡笑聲。

在風雨交加的黃昏時分，有人選擇坐船遊湖，也有人寧願喝茶去。我當然參與了遊湖的行列，半個小時的航程中，大夥兒躲在船艙裏，甚麼也看不到，除了「風高浪急」，我甚麼感覺也沒有。從遊船重回岸上，也驚險萬分，我差點掉進湖裏。站在湖畔，我幾乎渾身濕透，沒想到自己千里迢迢來到了北海，竟遇上狂風暴雨。

第二天早上，天氣仍沒好轉，又是颳風，又是下雨，乘坐環湖小火車遊覽的活動已被雨打風吹去，唯有改變行程前往郊區，參觀白樺林中的塔利茨博物館。博物館建於上世紀的六十年代，當時為修建伊爾庫茨克水庫，很多地區將遭淹沒，於是將一些俄羅斯傳統的木屋搬到這裏來。

露天博物館中的東正教教堂 —

在這所露天的博物館裏，天然原木建造的房子平實而古樸，雖然風雨撲面而來，我們仍四處蹓躂，從一間房子跑到另一間房子，遊走於尋常百姓生活的居所、學校、糧倉、醫院、警察局……裏面展示當年的日常用品，讓大家可以了解十七至十九世紀時，老一輩俄國人真實的生活。印象最深的是一座小小的東正教教堂，竟然有教徒在唱聖詩，還有一所小學校舍，課室內擺放着黑板、教具、椅桌等物品，加上教師、學生的蠟像，我們彷彿能穿越時空，回到那個年代。

伊爾庫茨克位於貝加爾湖的西南岸，曾擁有「東方巴黎」的美譽。十九世紀初，流放到此地的「十二月黨人」，為這個城市建立起豐厚的文化和學術基礎，參觀過「十二月黨人革命博物館」的人，便知此言非虛。「十二月黨人」大多是俄羅斯顯赫的貴族後代，他們深受法國啟蒙思想的影響，先後在聖彼德堡和烏克蘭舉行武裝起義，試圖推翻沙皇統治，實行君主立憲，但很快便被鎮壓下去。博物館原是謝爾蓋・沃爾孔斯基公爵的住所，館內收藏了當時許多珍貴的資料和物品，展品都具特殊的歷史意義，反映了他們在西伯利亞的生活情況。

新與舊、歷史與現代、鄉村和城市，在這個古老而獨特的城市中共融並存。漫步街頭，發現城內仍保存了不少昔日俄式的木房子，精緻的雕花門窗、屋簷是顯著

十二月黨人革命博物館

「歐洲之家」的老房子

街上的俄式木房子

的特色，原來此地盛產木材，十八、十九世紀時，王公貴族、富商豪門建造府第大宅時，請來能工巧匠，竭盡所能將窗櫺雕花、鏤空，打造像鑲了花邊似的房屋，以突顯身份地位。城中最漂亮的要數「歐洲之家」，此處曾是富商的莊園，在古舊的院落中，有好幾幢號稱「木製蕾絲」的老房子，其中一間已闢為旅遊中心，免費提供大量的資訊、地圖，甚至有中文的資料。

城北的喀山聖母教堂宛如童話裏的城堡，是市內最美麗的教堂，磚紅色的外牆，與天藍色的拱形圓屋頂互相輝映，屋頂上的十字架閃耀着金色光芒。教堂內金碧輝煌，完全沒有雕像，畫像特別多，美輪美奐的壁畫，高高在上，描述一個又一個《聖經》的故事。就在參觀的時候，教堂內正舉行婚禮，我們盡量靠邊站，生怕打擾這莊嚴神聖的儀式。

安加拉廣場的愛情橋

在安加拉廣場的愛情橋上，眼前是貝加爾湖流出的安加拉河，河水清澈湛藍。橋上的欄杆繫滿鐵鎖，據說當地的新人，婚禮後會來到河邊，將寫上新郎、新娘姓名的「情鎖」鎖在這裏，鑰匙丟入河中，以誌堅貞不渝的愛情。

愛情的傳說處處都有，面對河上吹來的勁風，我倒想起了西漢時奉命出使的蘇武，被匈奴單于扣留，他卻誓死守節，堅持不肯投降，結果被流放到北海牧羊，「蘇武牧羊北海邊，雪地又冰天，羈留十九年……」。

讀過中國歷史的人，誰也忘不了這段故事。

伊朗遊

——波斯地氈的故事

二〇一四年四月底，我們去了伊朗一趟。

到伊朗之前，除了聆聽專家教授的演講外，還看了點書。

據旅遊書介紹，伊朗有五寶：石油、地氈、黑魚子醬、開心果和藏紅花。

「波斯有三寶——地氈、藏紅花、細密畫。」一起去伊朗旅行的朋友如是說。

伊朗古稱波斯。

管他三寶、五寶，對我來說，波斯是文明古國，伊朗是陌生國度！

德黑蘭「地氈博物館」

凌晨時分從香港出發，先飛往杜拜。同行的一位朋友，在杜拜機場等候轉機前往德黑蘭的時候，已斬釘截鐵的說：「我一定要買一張『波斯地氈』回家去。」

「哦！」我只有聽的份兒。

從沒想過此行要買甚麼，更沒想過要買波斯地氈。

在德黑蘭的第三天，我們來到了「地氈博物館」。博物館建於一九七八年，是一座八角形的現代建築，外形恍如一個地氈紡織架。館內收藏了伊朗十六世紀至二十世

地氈博物館外貌

紀各地生產的地氈千多件。這些地氈，無論在用色、圖案和編織技法上都各具特色。

據説，歷史最悠久的波斯地氈現存於俄羅斯，是公元前約四世紀時候織成的，可見波斯地氈至少有二千多年的歷史。

在博物館的前廳，四周牆壁上掛着幾幅碩大的地氈，差不多有七、八米高，其豔麗多姿，令人眼前一亮。其中有一幅，地氈上龍鳳圖案，栩栩如生，相傳波斯地氈不少圖案是從中國傳過去的，此幅作品，正展現了中華文化與波斯文化的完美結合。

展廳入口兩旁有兩個玻璃展櫃，中間擺放着一具傳統的紡織機。櫃內展示着地氈的染色原料，如石榴皮、靛青、核桃殼、鉀礬和木樨草等天然植物、礦物，另一櫃則陳設着編織地氈用的工具，如鈎針、剪子和針排等。

博物館內展示的地氈染色原料

據介紹，波斯地氈在原料選擇、色澤調配、圖案設計和編織技藝方面的要求極為嚴格。地氈主要的原料是絲、棉和羊毛，而織法亦有兩種，一種是城市工藝式，圖案相對簡單，所需時間亦不長，另一種是遊牧人織法，完全天馬行空，沒有既定的設計圖稿，所以每一塊的地氈都不一樣。

進入展廳後，彷彿進入了時光隧道，引導我們的，不是導遊，而是地氈。

畢竟是文明古國，幾千年輝煌文化歷史的沉澱，就在眼前展現，一張復一張，掛在壁上的地氈，記錄了當時的社會生活、戰爭、人物……，一路走來，全是藝術珍品，瑰麗奪目的色彩，生動細緻的圖案，象徵天堂的繁花蔓枝、神聖的清真寺廟、壯觀的宮廷和狩獵場面，以及宗教圖騰……，教人禁不住駐足細看。

右·地氈上的玫瑰與鳥圖案 — 左·「年曆」地氈 —

十六世紀是波斯盛產地氈的時期，留傳至今的數量亦不少。鎮館之寶是一幅已有四百五十多年歷史的真絲地氈，陳列在大廳的中央，至今仍色澤鮮亮，豔麗如昔。

地氈之中，大部分都以波斯歷史、神話故事作為主要素材，也有個別的作品，描述美麗的愛情故事，或摹畫宗教歷史人物的面貌。有的地氈題材比較特別，其中有一幅，正反兩面全是經文；也有一幅，描畫各國的帝皇，有伊朗的國王，亦有歐洲的君主，地氈的下方有一個矮子，據說就是拿破崙。還有一幅很有趣，畫面既有中國的十二生肖，也有西方的十二星座，充分反映了中西文化的交流和融合無間。

部分較為近代的地氈，多呈現當時社會

地氈的圖案既有中國的十二生肖，也有西方的十二星座。——

的生活面貌，主要以風景、花卉、動物為主題。有一幅名曰「一年四季」，令人印象難忘，是二十世紀初期的大師之作。地氈的上下左右四部分，以當時的宮殿和風景為題材，展現春夏秋冬的景象；中央部分呈橢圓形，刻劃波斯皇帝坐在寶座上的英姿，地氈周邊則圍以精美別致的花紋。想不到，在地氈上，竟然可以看到很多已經被毀的宮殿、廣場。

每一幅地氈的背後都有一個故事，從形形色色的波斯地氈中，看到的不單是傳統波斯文化的精髓，還有外來文化帶來的影響。

導遊柏沙告訴我們，對伊朗人來說，名貴的地氈比鑽石、黃金還要珍貴，伊朗人往往將地氈視作傳家之寶，他自己也珍藏了兩張家傳的地氈。

像我這樣買不起地氈的人，來到博物館看看，大飽眼福之餘，也可以在前廳的小賣部中，買些印上地氈圖案的杯墊、滑鼠墊、雜物袋等小玩意作為紀念品。

「詩人之城」的地氈店

在伊朗的街頭，地氈店隨處可見。我們離開了德黑蘭，輾轉來到了南部，抵達「詩人之城」設拉子時，已接近黃昏。就在那夜，吃過晚飯後，柏沙徇眾要求，領着我們，參觀了當地一間華麗的地氈店，店員奉上香茶、甜點，然後，店主逐一展示各種款式的地氈，不同的原料，不同的等級……還有不同的圖案，有傳統的，也有時尚的；色澤方面，有鮮豔奪目的，也有素樸淡雅的。店內藏有不同種類的地氈，有的端莊大方，有的活潑跳脫，淡妝濃抹，應有盡有，就像一所迷你的地氈博物館。據店主說，手造地氈，是由年約十八至二十歲的少女負責編織的，完成一幅優質地氈，需時約兩、三年，此後，她們便不能再編另一幅了，因為眼神已耗盡，視力已受損。織織復織織，背後可是一闋青春的悲歌？

地氈的價格，以真絲的最為昂貴，羊毛次之，棉質的較為便宜。一幅中等品質的小地氈，索價七八百美元，至於上佳的真絲地氈，動輒數千甚至幾萬美元。

同行的朋友，終於得償素願，花上近萬美元，選購了一幅真絲地氈，傳統的圖案，素淡的顏色，悅目可喜。至於我，捨不得花錢，只能在店內四處遊走，作壁上觀，能欣賞到這些手工精細、美輪美奐的工藝品，於願足矣！

另有一位朋友，直言不要波斯「地氈」，獨愛伊朗「草皮」。遊罷古城波斯波利斯，返回設拉子那天的中午，我們在途中一間庭園式的餐廳吃飯，他「三扒兩撥」，匆匆進食後，便跑到餐廳外面的野地，掘了一盒草回來，連根和泥的，揚言要帶回香港，移植到家中的花園。

兩個月後，就在七月最後的一個周末，我們興沖沖的來到了這位朋友的家中，為的是欣賞來自伊朗的「草皮」。

大夥兒走進花園中，眼前不見想像中如茵的綠草，只見園中一隅的陶瓷大缸中，栽種着幾根瘦弱的小草。朋友告訴我們，外來的草不易在香港生長，因水土不服，大部分從伊朗帶回來的草都死掉了，只有幾根僥倖地生存下來，他會繼續努力，期望小草將來能茁壯成長，化成綠油油的青草地。

伊朗也有中秋節嗎？但願「草」長久，千里共嬋娟！

千里不辭行路遠

——在輕井澤，還可以看雪

徉徜，東京的後花園

多年前的七、八月，從東京北上長野，曾路經輕井澤，勾留了大半天。夏天盛暑之時，從人煙稠密的大都市，一下子栽進青蔥翠綠的高原地，樹木森森，非山即嶺……當下默許，一定再來。晃眼間，十多年過去了。

二〇一九年的工作，早就安排得密密麻麻的，至十二月中旬，完成所有的「功課」後，便跑到日本去。

心念一動，與其全程留在東京市內，倒不如往輕井澤，訪美術館、看展覽去！倉卒成行，未能訂到建築師坂茂設計的 Shishi-Iwa House，只能退而求其次。為圖方便，選了鄰近火車站的旅館。

冬至那天，星期日的大清早，旅客稀稀疏疏的，從上野站乘坐北陸新幹線，約一小時的車程，便抵輕井澤……故地重遊，JR 火車站變得更大更寬敞。當時氣溫大概只有攝氏三、四度，沒想像般冷。步行十分鐘左右，便走至「輕井澤莊」，將行李背包存放在旅館內，便可按目標出發。

尋覓，Sezon 現代美術館

此行既不是來滑雪，亦非浸溫泉，在車上計劃行程，已盤算好要參觀的地方。第一間名曰 Sezon 現代美術館，距火車站稍遠。

旅館經理非常友善，建議我們先乘巴士前往「星野溫泉」區，然後再步行或乘計程車前往美術館，如此比較划得來。他還遞來循環巴士路線的「時刻表」，指示我們乘搭一號路線巴士。為了不想辜負他一番好意，於是打消了乘計程車的念頭，走回火車站附近坐巴士，乘客很多，擠滿車廂，行車緩慢，二十分鐘後，終於抵達「星野溫泉」站。

Sezon 現代美術館 —

一看腕表，才不過十一時許，在附近的「村民食堂」飽餐一頓後，天氣好像暖和了一點，我們便按照 Google 地圖的指引，沿着公路，徐徐步行。由大路轉入小路後，左側是一道潺潺的溪流，蜿蜒而下，附近就是千瀧溫泉區，經過一間破舊的溫泉旅館，路比較陡峭，越往上走，越感吃力。

漫漫長路，人跡罕見，好不容易，才走到路的盡頭，向左拐是個荒廢了的公園，園中草木雜生，還有一個殘破的小神社，不遠處豎立着一個銅塑像，也不知紀念的是誰。

驀地，一隻黑貓在銅像前走過，奔至公園右邊，迅速隱沒在草叢中。神秘小貓恍如帶路人，我們尾隨而至，果然發現一條上行的公路，邊走邊看，周遭的房子都很優雅漂亮，稀稀朗朗的有七、八戶人家，建在松樹林中，像是富人的別墅，心裏暗想，美術館一定就在附近。

再走一段路，不多久，果然看見Sezon的停車場，就在路旁。我連忙往美術館跑過去，可惜，重門深鎖，細閱門上告示，始知美術館在十一月二十六日關閉，至明年四月十七日才重開。

想不到，步行了將近一個小時，尋尋覓覓，才找到這家建於丘陵緩坡上的美術館，竟然被饗以閉門羹。據説，美術館的創始人是商業家，也是一位藝術鑑賞家和作家，現時的館長堤たか雄是西武集團第三代後人。館內藏有超現實主義、表現主義、普普藝術等大師作品，如Mark Rothko的抽象畫、Andy Warhol的《毛主席》……與美術館擦身而過，跟精彩藏品緣慳一面，也許，這就是隨意所之的「下場」。怪只怪

高原教會 —

行前準備工夫不足，匆忙上路，如今望門興嘆，頓足搥胸也沒用。

站在館外，四野無人，一片寂靜，風過處，涼颼颼的，樹木微微搖擺抖動，發出微聲細語，彷彿在訴說美術館的故事。還不到下午二時，天色已漸漸昏暗，無奈只好跟這家與自然共存的美術館道別，沿路折返，前往「高原教會」。

走進，高原上的教堂

遠上寒山石徑斜，白雲深處，有的是教堂，走在路上，人比較多。「高原教會」的前身是「星野遊學堂」，建於一九二一年，是一眾文人集會聚結、討論思辯、交流意見之所；二次世界大戰後，修築成現今的教堂，每周日的下午，還會在這裏舉行禮拜。現時教堂的大門上，還可以看到「星野遊學堂」五個大字。

遊目四顧，大三角形的屋頂、樸素古雅的木造建築、參天的杉木古樹……渾然天成的環境，童話般的世界，散發出浪漫溫馨氣息，難怪遊人川流不息，還成了日本人最嚮往的結婚聖地。

時近聖誕，教堂周圍的地方佈置得非常應節。在院子內蹓躂蹓躂，在林中鑽來鑽去，本是賞心樂事，然而天氣越來越冷，寒氣襲人……我畏寒，只好躲進教堂，在角落坐下來，靜謐祥和的氛圍中，傳來〈平安夜〉悠揚悅耳的樂聲，心境逐漸靜斂下來。

思緒飄回遙遠的過去，時光倒流，想起大正時代，日本思想家內村鑑三、北原白秋及島崎藤村等名人曾聚集在此，舉辦「藝術自由教育講習會」，這群追求民主自由的文人，在森林中開拓出這片烏托邦，實在難能可貴！

右・高原教會林中的院子 — 左・輕井澤新藝術博物館 —

徘徊，草間藝術路上

下山的時候，瞧見車路已灑上白色的鹽粒，看來快要下雪。乘車回到JR輕井澤站，步行不到十分鐘，便抵達「輕井澤新藝術博物館」（Karuizawa New Art Museum），亮麗的現代建築，建築師西森陸雄從落葉松林汲取設計靈感，主體建築主要採用玻璃，輔以白色支柱建構而成，將美術館融入自然環境中。

這所博物館以展示前衛藝術與現代美術作品為主，地下是開放空間，可免費內進，設有圖書館、咖啡廳，以及精品店，書籍、藝術仿製品一一展現眼前……另有一間展廳，全掛上草間彌生的版畫，每幅作品都標示售價，昂貴嗎？那還用說！

通往二樓的階梯旁，擺放着草間彌生一個大型的雕塑，色彩繽紛奪目，一株大白花，花瓣綴以紅色的邊，上面滿是黑色的小圓點，花芯的中心部分是綠色的，圍以滿佈白色小圓點的紅色，至於花梗，卻是粉綠色的，亦滿佈黃色的小圓點……她一向善用高彩度對比的圓點花紋，這個作品也不例外。

步進博物館二樓，就必須購買門票。此處有三個展覽，其中一個展廳，展示了草間彌生多年來的藝術生命旅程。這位前衛藝術家，一九二九年生於日本長野縣松本

草間彌生的雕塑

市，雖出身名門，但她長年為精神病所苦，自十歲開始，繪畫就是她唯一的出路，讓她從幻覺中逃脫，但家人一直反對她當藝術家，諸多的留難、艱辛的環境逼使她作出「反抗」，促使她走進更寬廣更自由的藝術之路。一九五七年，草間移居美國紐約，開始展露出她前衛的創作精神……

「當我獨自一人看到幻覺，我就把它們畫出來，通過這種方式，我持續着我的生命。」紅點、綠點、黃點，一直是其創作標誌，這三色圓點也代表太陽、地球、月亮。

一九六六年，她使用小圓燈泡和大面鏡無限反射的空間裝置，營造了作品《無限的愛》（Love Forever），幻生迷離的視覺效果，是她的成名作，大膽的表現，湧現激進意念中的浪漫精神。

一九九四年的《南瓜》，則是草間彌生第一件戶外雕塑作品，最具紀念價值，印象中曾在香港的海運大廈外展出。草間曾說自己是一個南瓜，南瓜胖呼呼的，粗壯結實的樣子，看起來很淘氣，也非常可愛；而二次大戰後，物資匱乏，南瓜成了日本人的重要食糧，滋養身心之餘，也成了她的創作泉源。

「對我來說，藝術是一種方式，讓我更能了解人性、宇宙和生命，我能理解它們，並能透過藝術，用心去感受它們……」現時的草間彌生，已成為日本國寶級的藝術家，具有多重的創作身份，既是畫家、雕塑家、即興表演者、服裝設計師，也是作家，自一九七八年出版了第一本小說《曼哈頓自殺慣犯》後，她已出版了十多本小說。

從日本到美國，活躍於國際的草間彌生，縱橫藝術圈數十年，一向以特立獨行見稱，長久以來，她勇於挑戰社會界限，致力追求屬於自己的藝術世界，「我已經盡了最大的努力，通過藝術把自己平常的生活置於一個更廣闊的世界中，某種意義上來說，現在我已經成為了我自己，而不受別人影響。」日本的藝術制度，一直以來墨守成規，早就想顛覆它的年輕一輩，已視草間為典範。

這位國際知名的藝術家，有人說她的長相有點像河童，這個「怪婆婆」，是古怪還是可愛，可謂見仁見智。她現時居於東京，雖然已屆九十高齡，但仍然充滿活力，堅持對藝術的熱情，至今創作不輟。

雨雪，灑落在土地上

看完展覽後，步出美術館，想不到，撲面而來的，是一場漫天的雨雪……

走在濕滑的街道上，天色明顯的暗下來，沒有傘子，只好低頭疾走。路經一間旅館，我們不由分說便衝進去，暫避雨雪……眼看雪下得愈來愈大，躲在裏面也非長遠之策，只好借用旅館的雨傘，再往外跑，步進林間小路，四周漆黑˙片，正是一步一驚心……始終未能找到白樺林中的Birch Moss Chapel，隈研吾設計的「白樺森教堂」，夢幻般透明的教堂，像空中樓閣。

誤打誤撞的，走進另一所「輕井澤森林小教堂」，推開大門，燈火通明，透出陣陣暖意，跟外面黑暗寒冷的世界，對比強烈。教堂佈置簡約而雅致，另一端是玻璃祭壇……在輕井澤，這樣的小教堂，供人舉行婚禮，極為常見。也許，披上婚紗，步入教堂，是大部分日本女孩子的夢想。

無端闖進教堂，是意外收穫，卻不便久留，外面正下着大雪，也未能細意欣賞周遭的環境。匆匆回到大路上，雪，還是無聲地默默的飄下，步道開始鋪上一層薄薄的白雪。走進一間和食店

右・輕井澤森林小教堂 — 左・大雪紛飛的天地 —

街上的老房子，蓋滿了雪——

「福萬壽」，胡亂吃了一頓熱騰騰的火鍋料理，然後才慢慢踱步，回「輕井澤莊」去。

雪越來越密，在空中無休止地散落着。藏在傘內，凝視着漫天飛舞的雪花，有點如幻似真的感覺。大雪紛飛的天地，寧謐、靜穆……好美。

第二天早上醒來，往窗外一看，雪已經停了，只見四周的屋頂，全鋪滿厚厚的雪……走出屋外，步道堆滿積雪，街上的老房子，滿蓋着雪……遠方的群山，連綿起伏，皚皚雪峰，在陽光中閃耀着；近處的林木，忽如一夜寒風來，千樹萬樹梨花開，也是滿樹潔白。大雪過後，到處是白茫茫的一片，鋪天蓋地的……正是，時光未央，歲月靜好。

三十年前，見雪在巴黎。想不到，這一趟，跑來輕井澤，欣賞藝術品之餘，還可以看雪……

千里不辭行路遠。我想，追逐夢想、尋覓生命中的美好，過程比結果更重要。

時空，選擇了輕井澤；
藝術，選擇了千住博

通往千住博美術館的路上，鋪滿積雪 —

雪霽天晴朗，風也止住了。

踏在鋪滿積雪的路上，走起路來，像踩在軟軟的泥上，感覺好奇妙。在路上左顧右盼、東張西望、瞻前顧後的……興奮得幾乎忘了將往何處去。

在中輕井澤火車站的詢問處，擺放着一本《輕井澤文學散步》（改訂新版）的樣書，已是第十二版。一看書影，我便被吸引了。書衣的照片，拍的正是堀辰雄文學紀念館，背後是一條綠意盎然、樹木環抱的小路。如果你看過宮崎駿的動畫電影《風起了》，對堀辰雄一定不會感到陌生，他就是故事的原作者。

翻開目錄，書中收錄的文章，有好幾篇竟出自名家，如正岡子規、菊池

千住博美術館入口指示 —

寬、川端康成……都是熟悉的名字，我雖然不懂日文，還是決定將這本袋裝書購下。付款後，當值職員遞來的袖珍本，竟以二〇一三年長野新幹線「時刻表」包裹着，讓人心頭微微一顫，見微知著，好環保。

這一趟，選的是藝術之旅，下次再來，可以在輕井澤文學散步。

遊走，千住博美術館

眼見時候不早了，打消了坐公車的念頭，隨即乘搭計程車，前往「輕井澤千住博美術館」（Hiroshi Senju Museum Karuizawa）。沿途映入眼簾的，盡是雪，遠處的山峰，白皚皚的；近處的樹木、步道，也堆滿雪，白茫茫的一片大地，真乾淨。

千住博美術館

路程倒不遠，下車後，三棟幾何立體的建築赫然入目，非圓非方，形狀極不規則。建築師西澤立衛，素以風格獨特見稱，總不會教人失望。他的建築作品，最大的特色就是以簡約手法，建構出通透純淨的空間，追求「和、敬、清、寂」的境界。

誤打誤撞，弄錯了美術館進口，我們竟跑進了美術館旁附設的咖啡館。既來之，則安之，嘗過老鋪「淺野屋」的人氣麵包後，沿着入口指示牌，走進花園的小徑，步上步下幾段坡梯，才發現美術館的本館原來隱沒在林間，在厚厚的雪堆中，被鬱鬱蒼蒼的樹木所包圍。

—千住博美術館外一景—

在美術館的門口，以現代化的自助售票機購票後，步進館中，恍如闖進了秘密花園……突然之間，眼前一亮，四個大小不一的中庭花園，透過玻璃，引進大量的自然光。圓形、橢圓形、葫蘆形的園子內，長着青蒼的松樹、還有不知名的樹，一叢叢的蘭花草低低地垂在地上，雪堆中冒出一點點綠色的葉子……溫煦的陽光中，外面的雪開始融化了，一串串的水珠兒，點點滴滴往下滑，仰望天際，一片蔚藍，天，是地中海的藍……

西澤立衛刻意地保留原有地勢的傾斜度，涉足其間，高低起伏的坡度，增添了一股律動的韻味。沿着落地玻璃，巧妙地設置幾張弧形座位，讓觀畫者在寧靜的空間中，獨自面對畫作，或凝視、或思考，一點也不受打擾。

這座美術館於二〇一一年開幕，恰如其名，展示的正是日本美術家千住博的畫作。這位日本的畫家，生於一九五八年，曾旅居紐約，以描畫瀑布享譽國際，展覽遍及世界各地，是亞洲首位獲得威尼斯雙年展特別榮譽獎的藝術家。

對於美術館的設計，千住博曾說過：「希望是一座明亮、開放的，至今都未出現過的美術館……讓人感到像在公園裏散步，卻又像在家中的客廳。」他的企盼，建築師做到了，而且遠遠超乎畫家的想像與期待。在這樣開闊的空間、愜意的環境下欣賞畫作，確是別有一番情致。

創作，靈感源於自然

千住博的創作靈感源於自然環境，作品以抽象為主，結合日本傳統的繪畫技巧，下筆簡約、揮灑自然。在不同的時期，畫作各有特色。

他最早期的作品，多取材自東京，如創作於二十歲時的"A Far"（1978），而"June Sky"（1978），則描畫穿上紅裙子的少女，自天而降，裙裾飄揚，鮮紅的色塊佔了畫面的絕大部分……乍看之下，帶點夏卡爾（Chagall）超現實的味道。從都市走向大自然，如描畫春山之晨的"Morning Mountain Spring"（1987），勾勒湖上蓮花的"Frame of Lake"（1989），反映其畫作題材的轉變。

九十年代初期，千住博開展了"Flat Water"的創作，這系列的風景畫，以夏威夷火山熔岩奔往海洋為題材，奠定了他關注大自然的藝術道路。

一九九四年的《瀑布》（Waterfall），是其成名作。飛騰直落，一瀉千里的水流，氤氳的霧氣、四濺的水花，凝住在畫布中，澎湃的氣勢，躍現紙上，在瞬間的寂然中，宛若聽到洶湧震撼的瀑布聲。

「瀑布」系列開始後，他嘗試以螢光顏料創作，瀑布在日光下，"Day Fall"呈現黑白兩色，但在紫外線照射下，"Night Fall"幽幽的藍色，卻誘發出神秘的魅力……走進館內特別設計的展廳，置身幽暗的房間裏，在黑暗中觀賞，多幅「瀑布」作品，呈現出異常奇特的視覺效果，光影、聲音，令畫作更具動感，讓人彷彿步入虛幻的天地。

偶然經驗的觸動，千住博創作出多幅的"Falling Color"（2005），不一樣的顏色——藍、紅、綠、紫、黃、橙……如流水般傾瀉而下，閃爍着動人的色彩。

至二〇〇七年，千住博在紙上營造出折痕和模糊性，創作"Sky"系列，天上的行雲，宛若流水；月的圓缺，恬靜空靈，讓他步入另一境界。他指出，人類如能重新檢視我們製造出來的垃圾，將廢物善加利用，可創造出精彩的東西，「我正在尋覓腳下不知名的寶藏……」現代人環保的概念，呼之欲出。

海洋、沙漠、森林、夜櫻、月響……他一直在追尋不同的主題。

進來，捨不得走出去

我們來得正合時，美術館展出了千住博在二〇一八年的新作——「水之記憶」系列。踏入圓形的展廳內，二十張作品齊齊整整地掛在牆上，一覽無遺，全是回歸傳統的水墨畫，題材圍繞着山、水、雲、樹……表現出人與自然的關係，筆墨淋漓，濃淡有致，有一種難以言喻的空靈之美。

於我來說，印象更深刻的，卻是一組插畫的原作。在一九九四年，千住博創作了繪本 *When Stardust Falls*……，藉着現代的繪畫手法，他將日本古代書畫手卷說故事的傳統，重新張揚出來，藉以激發日本人的想像力。

星夜中，森林中的鹿兒在河畔共看星空，星塵墜落……小鹿沿着河邊散步，離開了家人，漸行漸遠，走進城市，步入繁華璀璨之所在地……然後，牠轉身步向森林，返回河邊，長河漸落曉星沉，熹微中，父母的倒影依稀可見，曙光初露，一家三口再重聚於林中。全書沒有語言文字，有的只是一幅接着一幅的圖畫，環環相扣，讀者逐頁翻閱，可演繹自己的故事，建構個人的童話，亦可與人溝通分享，憑藉的就是創意和想像力。

繪本 *When Stardust Falls....* 書影

這組插畫作品，說的也許就是千住博自己的故事。

涉世未深、步向紅塵、反璞歸真……不正是藝術家的心路歷程嗎？

每幅圖畫都很漂亮，夜空、河流、森林、城市之光、黎明……千住博以純熟的畫功，優美的線條，素樸自然的方式，將繁星點點的夜空，河流上的倒影，和諧地呈現出來，營造出詩一般的感覺。

整個展館的空間，流轉着寧謐、和諧，藝術作品散發着自然的氣息，徉徜其中，帶來的悸動，讓人深深感受到美術館與畫作，配合得天衣無縫，而這棟開放性的建築，亦與大自然共生並存。自然界、建築物、藝術品，早已跨越了界限，彼此融合無間。

不禁聯想起，多年前初次走進豐島美術館那份震撼。呆在館內大半天，或走動、或坐臥，欣賞那件唯一的作品，遍地遊走不定的水珠……沉思、自省，陷入悠然寂靜的境界。

這兒，也一樣，進來了，就捨不得走出去。

步入繆思森林，
闖進童話的天地……

輕井澤森林繪本美術館

南輕井澤一帶，美術館可真不少，離開「千住博美術館」後，乘車繼續往南走。車子從沒有積雪的路面，駛到四周都積滿厚厚白雪的森林……有好一陣子，還以為自己到了歐洲。

不多久，「輕井澤繪本の森美術館」（繪本美術館）出現眼前……腳踩進雪堆，走到售票處，購票時，工作人員很友善，預先溫馨提示：「美術館四時關門」。

步入美術館，置身英國園藝師保羅・史密斯（Paul Smither）設計的「如畫庭園」（Picturesque Garden）中，四顧無人，冰天雪地中，不同的展館，全是木房子，散落在森林中不同的角落。

森林，一直是繪本中重要的舞台，偌大的美術館，本身就像一本以森林為背景的大型繪本，當繪本被置於森林之際，書中的主角便走出來，以妙曼的舞姿，在森林裏，編織自己的故事……

沿着步道，朝遠處的第一展示館走過去，拱形屋頂的木建築，就像童話中的老房子，活脱脱地跑到真實的世界來。展館名為Berg，即德語「山」，寓意展示的作品

《彼得兔》不同年代的版本

有若寶山。

館內的右側，有介紹世界繪本發展史的展廳，以多元觀點探討歐美繪本從初期到現代的演變，還珍藏了不少貴重的原版作品；後面是「吉田新一文庫館」，吉田新一（Shinichi Yoshida）是繪本美術館的名譽顧問，他是歐美兒童文學專家，也是研究《彼得兔》（*Peter Rabbit*）的作者碧雅翠絲・波特（Beatrix Potter）之日本權威，這裏保存了許多他所提供的兒童文學著作集及研究資料。

左側的展廳，是木葉井悅子（Etsuko Kibai）的展覽，這位生於一九三七年的畫家，將自己的作品捐贈給繪本美術館。

從武藏野美術大學油畫系退學後，七十年代初，她首次到訪非洲，在尼日利亞度過的兩年，是她一生的轉捩點，她開始從油畫轉向繪本的創作，第一本在非洲創作的圖畫書就叫做《赤之四郎》。回到日本後，她繼續創作，活躍於文壇，一九九五年因癌症逝世。她筆下的圖畫，以「粗線條和鮮豔的色彩」見稱，不單帶出她想傳達給讀者的訊息，還有充滿動感的大地和生命。

除了展出了木葉井悅子的繪本、畫作的原稿，還有相關的文章，以及她喜愛的讀物、慣於使用的美術材料，還透過不可少的關鍵詞，如非洲、佛教等，從不同的角度，介紹這位充滿激情和活力的畫家。她的一生，只出版了十七本圖畫書，雖然數量不多，但她描繪大自然和人類的作品，仍存活在讀者心中，永不褪色。

從狂野奔放的繪畫世界走出來，我爬上木樓梯，走進閣樓，卻別有洞天，隨意坐下來，望着窗外的院子，無邊的雪景，這麼近、那麼遠；小樓的天地，如此寧靜……讓人的思緒逐漸沉澱下來，慢慢走進大自然的世界。

縱使捨不得，也得走回現實。告別溫暖的「山」，穿過積雪的林間小路，步入第二展示館 Turm，踏進「塔」內，又是另一番光景。現時正舉行二〇一九年秋冬特別繪本展「不朽の物語」，展出以《格林童話》為中心的圖畫書。

每個人都會遇到不同的書，也讀過不同的故事，可是，《白雪公主》、《小紅帽》、《灰姑娘》、《睡美人》、《美女與野獸》、《糖果屋》、《青蛙王子》、《穿靴子的貓》……古老的故事，誰沒看過兩、三本？

第一展示館

第二展示館

第三展示館

《格林童話》產生於十九世紀初，當時，由於拿破崙的入侵，德國正處於生死存亡之秋，格林兄弟蒐集了德國及周邊地區流傳民間的故事，重新出版。他們認為這些童話故事和古老傳說是文化遺產，有必要傳給下一代，期望這些不朽的故事可以成為「未來的種子」。

展廳中琳琅滿目，全是珍貴的繪本，除了早期的德文版，還有不同時代、不同文字的版本，不一樣的演繹、風格各異的插圖……無論是原裝正版，還是新瓶舊酒……都教人看得津津有味，穿梭於流逝歲月中，喚起了早已遺忘的種種記憶。

下一站，位於林中另一角落的第三展示館，創立於二〇一六年，是為了紀念碧雅翠絲・波特誕生一百五十周年而特設的展廳，內有「彼得兔」的常設展。在這所「秘密房間」內，既有巨大的彼得兔毛絨偶，供人拍照留念；亦羅列了《彼得兔》不同年代的版本，以及有關的研究資科、錄像，讀者可以認識作者其人，以及她創作的繪本，更可深入探索箇中的寓意。

步往隔壁，是八角形的繪本圖書館，其內收藏歐美的原裝繪本，近一千八百本，驚人的藏書量，堆積如「丘」，怪不得以Hugel為名。在這裏，可以找到不少懷舊的繪本，還可以借閱。圖書館，原是供人流連之所……可是，一看腕表，已近下午三時，匆匆瀏覽了一遍，就得懷着無奈的心情，怏怏離去。

愛爾茲玩具博物館

在繪本美術館的對面，矗立在大馬路旁，高大而黝黑的木牆建築，就是「愛爾茲玩具博物館」（Karuizawa Erz Toy Museum），穿過半圓的木造迴廊，走進去，就

從玩具博物館半圓的木造迴廊往外望，全是雪……

可以看到德國精湛的工藝品，在輕井澤重現。

推開大門，你瞧，迎接訪客的，不就是身高及人的胡桃夾子士兵嗎？

已具數百年歷史，知名度遍及世界的愛爾茲木製玩具，於一九九八年遠涉重洋，來到輕井澤。博物館中展示的傳統玩具，來自德國鄰近捷克邊境的玩具之鄉——位於德國東部的愛爾茲（Erz）地區，靠近山脈一帶。當地的工匠，採用豐富的林木資源，以巧奪天工的手藝，創造出各式各樣手工精緻的傳統木製玩具。他們至今仍採用師徒制，各自有不一樣的技藝，世代相傳，大家各師各法，不同工作室的產品，亦各具特色。

儘管空間不大，然而「麻雀雖小，五臟俱全」，經過狹窄的通道，走進小小的展覽室，便見到神情姿態、大小不一的胡桃夾子士兵，燃點內置小香塔後冒煙的玩具，迷你房舍或動物……全是親手打磨出來的，不同樹木，木質

右・木製兔玩偶 —
左・長耳朵的小兔子 —

色澤紋路各異，拙樸的造型，帶出精心的構思，甚麼叫做巧奪天工，在這兒，盡顯眼前！

博物館還會按不同季節，推出不同的特展，當時舉行的秋冬展，展覽主題是「聖誕節木製玩具」。原來在該區，大多數的木製玩具，均源於聖誕習俗，例如「聖誕金字塔」，正是十九世紀以來獨特的聖誕裝飾品，以燃點蠟燭的熱量推動轉軸，讓它自行轉動，可謂神乎其技。當地的師傅還會製作一些玩偶，講述聖誕的故事，如聖誕歌詠團，以及在聖誕市場上出售的兒童玩具，全都生動傳神，散發着節日的氣息。

在館中蹓躂，室內自然的採光，加上美麗的燈飾，有如置身夢幻王國……不覺時間溜得飛快，轉眼間，已接近四時，博物館快關門了。帶着一點點遺憾，離開館內的工作室，跟可愛的兔子玩偶說聲再見，步過木造迴廊，折返博物館的出口處。「木製玩偶小鋪」就在前面，焉能錯過？

店內的玩偶，大都來自歐洲。煙斗冒煙的老公公、咬

繪本《活了一百萬次的貓》書影一

碎核桃的小兵、企鵝學步器、木偶爬樓梯……都是高質素的益智玩具，無論是大人、小孩都難以抗拒，滿足視覺享受之餘，還有實用價值。

也許是純手工的關係，玩具雖然令人着迷，但價格卻教人不敢亂碰，好的下不了手，便宜的又好像無甚特色。最後，我挑了個長耳朵的小兔子。牠背着一袋，手上還提了兩籃子顏色不同的復活蛋，憨直的樣子，好趣致，雖然不會動，卻蠻可愛的。

將紀念品塞進背包，正欲離去之際，豈料，拐個彎，「繪本小鋪」赫然出現，書店於我，吸引力更大，一頭栽進去，便不想走出來。徘徊在店內，童話的主角就在身邊，布娃娃、毛絨偶，還有數之不盡的文具、背包、水壺、食物盒，讓人眼花繚亂的飾物、方巾……全是誘惑，但，說真的，統統都不是「我那一杯茶」。

我蹲在書架旁邊，嘗試尋覓日文版繪本《活了一百萬次的貓》。這本圖畫書，我在東京的書店已找了好多回，遍尋不獲。想不到，在這裏，竟找到了，我雀躍得歡呼起來……身邊的店員，嚇了一跳。

佐野洋子的代表作，《活了一百萬次的貓》初版於一九七七年，是一本講述「愛」的書，談愛的付出，也談生命的體驗。幾年前，我看過中譯本，愛上了這個故事，也迷上了繪本。

日落漸黃昏，坐在店鋪門外候車，翻閱這本得來不易的繪本，綠眼珠的虎斑貓，在洋子的彩筆下神氣活現……貓，死過一百萬次，也活過一百萬次……遇上白貓後，桀驁的眼神從此變得溫馴……白貓死去後，貓，哭了一百萬次，然後，死去，再也沒有活過來……因為懂得愛，不再眷戀活。

也許，失去所愛，才讓人了解愛的真義。

佐野洋子，出生於北京，七歲時回到戰敗後的日本，畢業於武藏野美術大學設計系，跟木葉井悅子是校友，多巧！

在輕井澤，走進繆思的森林，像闖進童話的迷宮，帶着探險的驚喜，窺探每一個角落……找不到女神，倒在交錯的時空中，碰到了兩位出色的繪本創作者，是偶然的相遇？還是久別的重逢？

掬水月在手，何等的虛幻；捧一書在手，卻實在如斯！

暮光中，重回輕井澤火車站，站在天橋上，晚風輕寒，夕陽正西沉，在老房子上緩緩撒下斜暉，留下來的，只有寂然安謐……懷着平靜的心情，我離開輕井澤。

為有源頭活水來

水曲悠悠無盡時

——《曲水回眸》以後的香港風景

台上的講者，左起：劉偉成、黃念欣、楊鍾基、黃潘明珠、樊善標、周燕明——

二〇一八年，歲在戊戌，盛夏之初，五月的一個周末。是日也，雲淡風輕，天朗氣清。我來到了馬料水，大學站總是紛紛攘攘的，放眼是人、是車。離開車站，匆匆走至中文大學的鄭裕彤樓，把車水馬龍留在後面，剛好是十時。

踏進偌大的演講廳內，熟悉的臉孔在晃動……齊集於此的，雖以中年人居多，然座中亦不乏年輕人，大抵可稱「少長咸集」，大家端坐靜候座談會的開始。

《曲水回眸——小思訪談錄》一書的命名，意境取自王羲之〈蘭亭集序〉中的「曲水流觴」。活在今天的我們，大抵只能追慕文人圍坐暢敍幽情的風雅逸事。此書的上、下兩冊，盡得古人的流風餘韻，以「文化人眼中的香港」為主線，將小思老師與多位文化人，包括楊鍾基、陳永明、鄧仕樑、樊善標、黃念欣教授等多次的訪談精華輯錄下來，可說是小思與香港一起成長的回憶記錄。

楊鍾基

大家都知道，小思老師是香港文學口述歷史計劃的發起人，給她訪問過的人多不勝數，但作為受訪對象，與一眾文化人暢談香港的文學、文化、教育、家國……從本土到異鄉，由亂世到盛世，倒是第一次。

小思老師在兩書中道出「文化人眼中的香港風景」，而是次座談會的主題，則圍繞着《曲水回眸》以後的香港風景。

楊鍾基教授：三個文學聯想

座談會的主持人為周燕明女士，她先介紹嘉賓講者，首先登場的是楊鍾基教授。楊老師自退休後，化身為旅遊達人，他的攝影作品，從構圖到意境，都充滿詩意。

聆聽從來不止是耳朵的事。楊老師預備的照片，不論是兩年前攝於京都上賀茂下鴨神社的流水，還是拍於三月初，在北野天滿宮的梅花，都教人神往，最特別是那張「春の曲水の宴」的海報。

據説，本書得名的由來，正是當日他與小思在下鴨神社，面對清溪流水，因而觸發靈感所致。

彼時彼地，曲水回眸何所見？答之曰「水鴨」，也許是「鴛鴦」也説不定。原來日本人好將酒杯置於木鴨中，然後放乎中流。禮失而求諸野，日近長安遠……實在令人無限感慨。

楊老師打開話匣子，即扣緊講題，詳述「悠悠」引起的三個文學聯想。一是「曲水悠悠」。正如陶淵明在〈時運〉所言：「延目中流，悠悠清沂，童冠齊業，閒詠以歸。」其文學想像，靈感來自《論語．先進》：「暮春者，春服既成，冠者五六人，童子六七人，浴乎沂，風乎舞雩，詠而歸。」沂水悠悠，乃孔門弟子散步之地也。

京都一年何所得？置於《承教小記》的第一篇文章——〈不追記那早晨，推窗初見雪……〉，已透露端倪，「面對着這些場面，彷彿參透天地的機微」——小思所承的，是來自天地自然之教。楊老師明白道出，她來到四季分明的京都，自此「眼界始大，感慨遂深」，一如王國維在《人間詞話》所言。

二是「江水悠悠」。辛棄疾〈南鄉子〉：「何處望神州，滿眼風光北固樓。千古興亡多少事，悠悠。不盡長江滾滾流。」從曲水悠悠，到江水悠悠，然後是天地悠悠，如陳子昂〈登幽州臺歌〉：「前不見古人，後不見來者。念天地之悠悠，獨愴然而涕下。」

上溯《詩經・黍離》：「知我者，謂我心憂。不知我者，謂我何求。悠悠蒼天，此何人哉？」小思對日本人的感情，透過她的著作，可以呈現出來。從早期的《日影行》，到近年的《一瓦之緣》，以至《曲水回眸》第三章「一瓦之緣」中，都反映了她的歷史情懷。對於日本人之複雜性，她一直都充滿危懼感，面對歷史的種種變遷，可說是愛恨交纏。

三是「身世悠悠」。談及身世，李商隱在〈夕陽樓〉一詩中，提到「欲問孤鴻向何處，不知身世自悠悠」，而納蘭性德在〈金縷曲〉（贈梁汾）一詞中，亦言及：「身世悠悠何足問？」

儘管歲月悠移，人事滄桑，雖說「世路如今已慣」，經歷多變的世事，難得的是小思仍保持「此心到處悠然」的態度，自在地欣賞生活裏的大小風景。

她將個人身世連繫香港，乃有《不遷》，乃有《香港家書》，乃有《曲水回眸》最後一章「給香港的情書」……

小思也曾自省——究竟自己是中國人？還是香港人？痛苦的掙扎，個人的反思，答案在書中亦可以覓得。「就是那一場中國青年隊對香港隊的足球冠軍決賽」，在觀看球賽的過程中，她的身份毫無保留地突顯了——「我已經是一個完完全全的香港人」。當然兩種身份並不衝突，可同時並存不悖。

小思在最後一章說：「我此生能與香港相遇，稱得上『正當最好年華』。但往後日子，我願『盡人事，俟天命』。」這正是她過人之處。

楊老師在書中曾說「心田先祖種，福地後人耕。」——「心田」合文生義，即「思」也。小思本着文化傳承的信念，成為「拾荒人」，乃至「造磚者」——為後來有志為香港建構文學史的學者提供「建材」。

藉「悠悠」的文學聯想，楊老師侃侃而談，引出他對小思其人其書的解讀，漪歟盛哉！

黃潘明珠 —

黃潘明珠女士：必須好好活着

誠如周女士指出，楊老師為訪談計劃中的「操刀放劍人，善於製造火花」；而黃潘明珠女士，前香港中文大學圖書館副館長，卻是整個訪談計劃之發起人。

黃太從七十年代中期說起，「當年的中大圖書館乃研究型的圖書館，故不能收藏金庸、亦舒的作品」，亦談及二〇〇三年間成立「香港文學特藏」(註)的不容易。

她最愛小思的〈蟬〉，文中寫出「牠等了十七年，才等到一個夏天……十七年埋在泥中，出來就活一個夏天，為甚麼呢？」——「牠為了生命延續，必須好好活着」。那是蟬的生命意義。

從二〇〇三到二〇一八年，如今已過了十五年，眼見更多人寫作，更多好書的出版，黃太一直都想如實記錄小思對香港文學的貢獻，於是在二〇一四年開展這個計劃。

她希望更多人繼續堅持下去，出版更多好書——「薪火相傳，靠大家了！」她的期盼，未嘗不是大家的心願。

樊善標教授：護生就是護心

樊善標教授開門見山，直言六十個小時的「訪談」，是難以想像的經驗。「計劃最初的發起人是黃太，由楊老師合力推動，然後找來黃念欣教授，委以重任。我當時是香港文學研究中心的主任，有幸參與其事，楊、黃兩位才是主角，自己實際參與的時間只有一半，可以半個旁觀者的身份，談談此書的好處。」他娓娓道來，一貫的坦率。

樊善標——

「讀書要善於讀，可深可淺，未必有高下之分，在乎看書人的閱歷而已。」認識小思，可從其創作，亦可從其研究入手。

這本書形式上是「訪談錄」，卻是非一般的「訪談」，留下「刀光劍影」，教人目不暇給。

他拈出楊老師常掛嘴邊之語——「唔怕你

嘣！」他們每次訪談之前，從不需預先準備問題，視乎即時的反應，想出更多問題，反而會擦出更多火花。

「與上冊相比，下冊好看得多，整個編輯團隊花了好多時間去整理。數十個小時的訪談，還加上筆談部分，以補口談之不足。在座幾位都是文化人，筆談部分特別有趣……」他毫不諱言。

「常言道『聽天由命』，但老師卻說：『盡人事，俟天命』，『俟』字甚妙，有等候之意，出於《中庸》之『君子居易以俟命，小人行險以徼倖』。等候天命的到來，帶出更大的距離感。」箇中玄機，他一語道破。

他繼而指出小思在書中，對歷史、對社會都尖銳地提出意見。也許，香港不再是當年的香港。然而，「愛一個地方，不是剎那的感情衝動，而是要有無比的毅力和堅持，還要有理智和思考。愛香港，就要了解其身世、背景、發展……」

馬一浮說過：「去除殘忍心，長養慈悲心，然後拿此心來待人處事——這是護生的主要目的，故曰『護生者，護心也』。」

「『護生就是護心』——『給香港的情書』，亦可作如是觀。」如此作結，意味深長。

黃念欣教授：「悠」的五個意義

黃念欣教授的分享，亦緊扣「悠悠」兩字，不過，其切入點跟楊教授卻不一樣。「曲水為何值得回眸？皆因『悠悠』。查漢語多功能字庫，『悠』字有五個解釋。」她明確道出。

「悠」的本義是「憂思、思念」。如宋玉〈高唐賦〉：「悠悠忽忽，怊悵自失。」小思在本書的第二章「熱血青春」中，道出了她對「中文合法化運動」、「金禧事件」、「雨傘運動」，以至「五四運動」……的看法。小思對「金禧事件」的「主角」陳松齡的際遇感到最唏噓；在「雨傘運動」中，她最擔心的是學生。

「悠」的引申義為「遙遠、長久」。小思對文學的熱愛，始終如一，歷時半世紀的寫作、研究，願為「造磚者」，可見其「悠久」。香港文學研究工程的起點，始於她的「京都一年」，從「甚麼都不知」開始，繼而孜孜矻矻，驅動這個龐大的研究工程。她不因無知而放棄，回港後即報讀香港大學的碩士課程。《禮記・中庸》有云：「悠久所以成物也。」亦正如新亞校歌中所說「悠久見生成」。

「悠」也指「眾多」，所謂「眾口悠悠」。小思最多的是甚麼？答案不是「書」，而是「學生」，她是眾人的老師。每人都有做學生的經驗，她常常擔心的是學生，如〈縴夫的腳步〉中，她指出「教改」不但苦了教師，受害的還是學生。

「悠」亦有「閒適」之意。如陶淵明〈飲酒〉：「採菊東籬下，悠然見南山。」小思的表現一向都好「淡定」，例如編寫《曲水回眸》上冊時，曾出現不太順暢的情況，她的回應是：「無事嘅，一定掂，點會寫唔到。」又如在二〇一六年《信報財經月刊》裏〈安土不遷〉的訪問中，小思就說過：「歷史告訴我們，香港命大不會死。」保持心境悠然、處事淡定，就會生出信心。

「悠」還表示神秘。如《荀子・議兵》：「善用兵者，感忽悠闇，莫知其所從出。」「在訪問中，你永遠猜不到小思想說甚麼。」這正是本書引人入勝之處。

黃老師透過「悠」的字義，重點介紹此書的內容，也道出小思的言行、個性，亦別具心思。樊、黃兩位都是小思的學生，知「師」者，莫若「徒」也！

劉偉成先生：造塊結實的磚

「訪談不斷，談完又談，錄音再加筆談……在編書過程中，瀏覽達六十萬字的訪談紀錄，再整理為十六萬字付梓，確是嚴峻的考驗。」主持人告訴我們。

編纂《曲水回眸》上下兩冊，歷時近四年，「四年，相當於一個大學課程，修讀期間不時有習作，各自修行之餘，還需相互協作。研習內容包括版本學、史料鈎沉、文本解讀……文化反思、飲食心得……研習模式則有精美下午茶訪談、通訊群組上的討論、參觀展覽、文學逛街……」總編輯劉偉成先生細述其心路歷程，箇中甘苦，實在一言難盡。

他還即席分享了一次得小思點撥下的「造磚個案」。話說二〇一六年十一月，戴天應邀回港參加《明報月刊》創刊五十周年舉辦的「中國文化的精神出路」研討會。就在十一月十日，小思邀戴天參觀「香港文學特藏」中的戴天專題展覽。

那天，劉偉成亦應約同往，其時，展櫃裏放着——戴天在一九七〇年八月十四日發表的〈蛇〉鉛印本上的手改稿。小思回頭喊了他一聲，敲了展櫃的玻璃幾下，示意他仔細看，然後甚麼也沒説便走開了。他拍照回家細看，拿出戴天的詩集《骨的呻吟》一對，才發覺原來手改稿的內容從未發表，是塵封了半個世紀的推敲。

得到了啟發，他撰寫了〈蛇尋出路——觀戴天《蛇》手改稿後的迂迴聯想〉一文，打造了一塊結實的磚。

辛苦種成花錦繡，這就是收穫。

小思老師—

小思老師：「有嘢就快啲做！」

當天的小思老師，其實患上感冒，但她不願意改期，仍堅持出席。擇善而固執，素來是她的價值取向，認真而用心，亦是她的處事態度，實在值得我們學習。她認為這天的聚會，意義深厚，看見許多人仍然生活在香港，她亦感到很開心。

《曲水回眸》以後的香港風景會如何？透過座談交流，她期望大家可以談談自己的看法。「香港風景已不在我們手中，香港不斷在變，我已做不了甚麼。現在要靠下一代的年輕人，看他們如何自處。」她淡淡道來，卻不無感慨。

「不需要說甚麼偉大的論題」——她勸勉各人，在各自的崗位上「有嘢就快啲做」，大家要盡力做好自己的本分。「我們拖泥帶水得太久，錯過了很多風光。今天見到你們，明天將會如何？我也不知道。我會珍惜這一剎那，存放在心裏、腦中，就是如此。坐在這裏的，大部分是中年人，最老的就是我了。」她語重心長地說。

她今天感到最開心的是——眼前這群中堅分子，還有時間可以為下一代做很多事。「我今天不說甚麼，我希望年輕有為的你們——雖然有些人已退休，但可以開展另一條新路，積聚更多的經驗、能力，可以為香港、為下一代多做事。」「我沒有忘記中國，因為香港的下一代，就是中國的下一代。」簡短精要的發言，發人深省，贏得大家熱烈的掌聲。

座上客：各言其觀點

座中有朋友從「金禧事件」的陳松齡際遇想起，指出每一個年代都有類似的人。歷史是無情？還是有情？是寬容？還是殘忍？實在難以評說。

有參與者謂，從不知自己是「邊緣人」，進入課室就是教師，既是「邊緣」，也是「中心」。有人表示，不能說香港被「邊緣」化，只是沒有互相發現而已；也有人自述個人經驗，他曾居於內地，認為有些香港人，思想比較狹窄。由於兩地文化不同，需要交流，亦需要互相了解。

有朋友期待有關機構，可以出版訪談過程中餘下的資料，公諸同好；還有論者強調資料的蒐集，其實非常重要，此外，撰寫香港文學史的問題，亦備受關注……

座中各人，就不同的論題發言，這樣的座談會，有若詩友言志聚會，實在難得。「香港將來風景之有無，關鍵在下一代！」如斯的總結，可謂擲地有聲。

註：二〇〇二年小思自中大退休後，隨即將香港文學資料檔案、文獻、書刊悉數捐贈中大圖書館，先後創建「香港文學特藏」、「香港文學資料庫」。香港文學特藏有兩項目標：（一）系統蒐集及整理香港文學資料，以作永久館存；（二）支援香港文學之教學及研究工作，推進香港文學發展。香港文學資料庫是首個有關「香港文學」的資料庫，除具備多項檢索功能外，資料庫部分條目更附有該文章之全文。

本文圖片，由蘇偉柟先生提供，謹此致謝。

遇上西西

——華文世界最有童心的作家

前幾天，接到何福仁的電郵。傳來十月八日西西獲得第六屆紐曼華語文學獎（詩歌獎）的消息。

她是這個獎的第三位女性獲獎者，也是香港首個獲獎作家。過去的得主包括莫言、韓少功、王安憶、楊牧及朱天文。

提名西西的何麗明教授表示，「香港文學過去經常被視為次等，西西時而嚴肅、時而天馬行空的詩歌具香港特色，亦表現了一個城市的故事如何透過看似微不足道的敍事述說。西西得獎，提醒人們香港詩歌不應被忽視。」

西西是華文世界十分重要的作家，其成就早已備受肯定。自一九八三年開始，她與台灣結緣，在《素葉文學》發表的〈像我這樣的一個女子〉，得台灣《聯合報》副刊轉刊，獲《聯合報》第八屆小說獎之聯副短篇小說推薦獎。其後，她的小說數度獲獎，如《手卷》、《哀悼乳房》、《西西卷》、《時間的話題・對話集》（與何福仁合著）。

一九九〇年，她曾獲《八方》文藝叢刊之「八方文學創作獎」；一九九七年，獲香港藝術發展局文委會第一屆文學獎；二〇一一年，又成為香港書展的「年度作家」。

愛在稿紙上跳格子

「人生天地間，各自有稟賦」——有人愛作詩，有人喜歡寫散文，也有人致力於創作小說，在不同的稿紙上，各自各精彩……

我看西西的作品，始於中學時期，那時迷上了《中國學生周報》，最喜歡看她的影評。

愛在稿紙上跳格子的西西，原名張彥，祖籍廣東中山，生於上海，小學畢業後，一九五〇年隨父母移居香港，就讀於協恩中學，畢業於葛量洪教育學院，曾任職小學教師，為香港《素葉文學》同人，寫作超過六十年，作品各種類型都有。她既創作新詩、散文和小說，也寫童話、電影劇本、電影評論，還有翻譯。著作極豐，出版有詩集、散文、長短篇小說等近三十種。

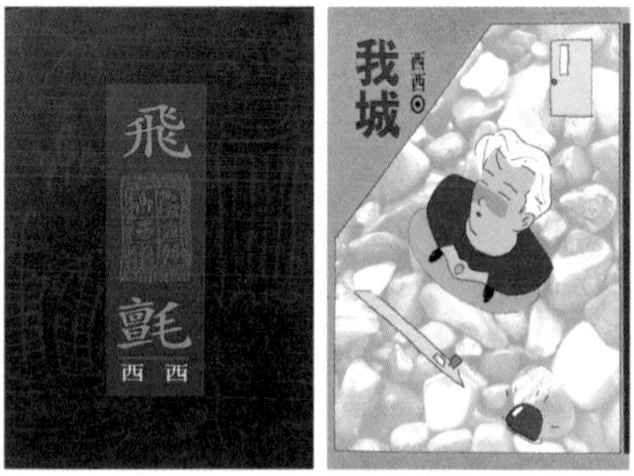

西西作品《我城》、《飛氈》書影

她在學生時代已開始投稿，最早的作品發表於五十年代的《人人文學》，是一首十四行新詩。一九六五年，她得到《中國學生周報》第十四屆徵文比賽小說組第一名，作品為〈瑪利亞〉。

她的創作生命，始於香港，是實至名歸的香港作家，雖然曾有人鬧過笑話，誤會她是台灣作家，可能因為她大部分的作品都在台灣出版。

西西為甚麼叫做西西？西西的筆名，據她本人所述，乃象形文字，「西」是一個穿着裙子的女孩子兩隻腳站在地上的一個四方格子裏，「西西」就是「跳飛機」的意思，這是她小時候喜歡玩的遊戲。

書寫我城的故事

西西作品的實驗性相當強，從寫於一九七四年的《我城》開始，她在形式和內容方面的創新，不斷為讀者帶來驚喜……我仍記得，第一次看《我城》，是早年素葉的初版，看到第一句「我對她們點我的頭。」奇特的文字，童稚的語調，把我吸引一口氣的讀下去，直到結尾那一句「再見白日再見，再見草地再

西西

見。」——那是一個從連載長篇刪削而成的中篇；然後是一九八九年允晨版；接着是一九九六年素葉的增訂本。西西寫下了我城的故事，那是她構建的世界。閱讀《我城》，令人想起《清明上河圖》，讀者可借中國手卷的移動視點，去欣賞這種移動式的敍述方式。

隔了二十多年寫成的《飛氈》（一九九六），是另一次寫作的試驗，描述「肥土鎮」百多年來的種種變遷，從住在半山上的銀行家，寫到碼頭邊的販夫走卒……可說是一部史詩式的城市書寫。這本厚重的書就像是一本社會百科全書，由一個一個的段落編綴起來，西西最關心的是老百姓的日常生活，她將庶民生活的眾生相，一幅一幅的描畫出來，筆觸輕盈。二〇〇五年，繼王安憶、陳映真之後，西西獲馬來西亞《星洲日報》第三屆「花蹤世界華文文學獎」，獲獎作品就是長篇小說《飛氈》。

早在一九八九年，西西患上癌症入院，手術康復後，卻因後遺症，導致右手不聽使喚，只好改用左手寫作，如果讀過她的《哀悼乳房》（一九九二），便會知道箇中的因由。雖然如此，但她仍堅持寫作，正如在《白髮阿娥及其他》（二〇〇六）的短序所說：「進入左撇子時代，仍能出書，特別值得高興。」讀者如我，

西西作品《猿猴志》、《縫熊志》書影

當然期望她不斷寫下去，也繼續高興下去。

除了創作，她愛上蒐集微型屋、小玩意，又手製布娃娃、毛毛熊，並藉此作為右手的物理治療。她曾送我一個親手造的布娃娃，打開郵包後，看到裏面的娃娃，手工之細緻，表情之生動……除了感動，還有感激和感恩。

至二〇〇八年，坊間又見到她的新作「西西的奇趣建築之旅」——《看房子》和《我的喬治亞》。書本是知識的飛氈，能夠隨着西西旅行，遊走於不同的國家，看不同的建築；然後，還可走進十八世紀，步入英國喬治亞時代的「娃娃屋」，探索當年的建築、家具、擺設……實在高興得很。

走自己該走的路

也許，人生也是奇趣之旅……

記得在一九八八年，曾在小思老師的家中見過西西。然後，相隔多年，就在二〇〇六年，竟在澳門的藝術博物館碰到她，感謝「青藤白陽」展覽，在「乾坤清氣」的氛圍中，讓我可以好好地跟她聊上一陣了。

西西送給作者的布娃與其作品《我城》——

想不到，就在二〇〇九年初，鼠年將盡，年廿九的晚上，我逛花墟，又再碰到西西和何福仁。那夜天氣實在很冷，身穿深藍色長大衣，戴着黑色毛線帽的西西，正在挑選劍蘭，我呆了一呆，才敢上前打招呼。傻瓜似的我，站在街上，忘記了凜冽寒風，也忘記了西西的身體狀況，竟捉着她談了好一會兒，人群就在我們兩旁，潮水般湧過來，又流過去……

捧着一把長長的劍蘭，走在回家的路上，想起了〈碗〉——余美麗和葉蓁蓁的故事。有人嚮往璀璨奢華的生活；有人寧可選擇平淡恬靜的方式過日子，是性格使然，也是個人的價值取向。我想，最重要的，還是走，自己認為該走的路吧！

從《縫熊志》到《猿猴志》

美好事物的出現，總是十分偶然的，而且教人感到驚訝詫異。「二〇〇五年四月，砌完了微型屋，家裏實在放不下更多的屋子了……為了做一點物理治療，於是轉學做熊……」西西誤打誤撞，遇到了香港熊會的主席，於是拿起針線學造熊布偶。

結果，在二〇〇九年，我們看到了她的《縫熊志》。新書的發佈會，聯同熊布偶的展覽，就在八月底，在灣仔三聯書店的活動區舉行。看到西西坐在展覽廳的一角，接受記者的訪問，感覺很奇妙。

在展覽中，除了西西第一隻手造的、陪着她到處旅行的「黃飛熊」，還有幾十個毛熊在眼前出現。西西巧妙的構思、綿密的針線下，擬人化的毛熊，穿着古代服飾，從西王母到曹雪芹，還有花木蘭、水滸英雄……熊布偶按典故裝扮，例如后羿穿皮革、嫦娥穿百褶裙，每個造型都不一樣，衣履不同，表情亦各異。

《縫熊志》是本極具創意的奇書，圖文並茂，西西通過文學的語言，細述人物背後的故事，以至服飾的轉變，內容涉及古今中外、文學歷史地理的知識，正如小思所說：「每一頁讀起來，都得小心翼翼，生怕一下子錯過了一點，就錯過了許多。」

西西繼續造熊，跟着的目標是靈長目動物，如猩猩、獼猴、狐猴、狒狒。二〇一一年，《猿猴志》面世，帶引我們走進神秘的猿猴世界。西西實地遊訪了亞洲各地的動物園、保育中心、熱帶雨林，探察猿猴原貌，以清新樸實的文字，抒寫五十一隻她親手縫製、栩栩如生的猿猴布偶……目的就是「尊重生命，為那些人類發展上一直受歧視的生命說話，猿猴是切入點」。

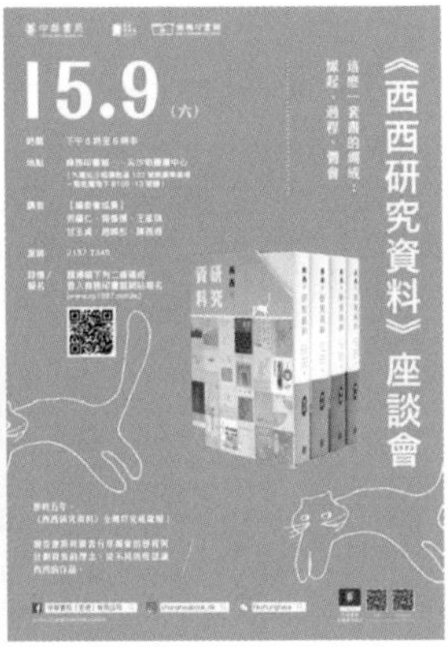

編纂《西西研究資料》

踏入二〇一八年，七月書展，看到了《西西研究資料》，一函四冊，精裝書加上書盒，沉甸甸的，想搬它回家，實在不容易。第一冊貼有特別印製的藏書票，藏書票上更有西西的親筆簽名，書中另有大量西西的生活照，多幅更是首次公開，包括西西小時在上海的身份證，與家人的合照，以及她在協恩中學的畢業證書。

五年前，何福仁發願，要為西西整理研究資料，「各地研究、述介西西作品的文章甚多，除在學報、文學刊物中出現，還散見於不同的媒體。」他希望好好整理這些資料，不單讓研究者使用，也讓西西的讀者，可以透過不同角度去了解西西的作品。

右・《西西研究資料》座談會海報 —
左・座談會台上講者 —

由何福仁、樊善標、陳燕遐、甘玉貞、趙曉彤和王家琪組成的編輯團隊，花了四年時間，把有關西西的資料，梳理、編成《西西研究資料》四大冊文獻，合共二千多頁，學術與趣味並重，可讀性極高。正如洛楓所言：「抱在懷裏，有一種堅如磐石的感覺……有興趣的不妨買一套回去，慢慢品嘗，重新進入西西奇幻的文字世界。」

因颱風「山竹」襲港，原訂於九月十五日的《西西研究資料》座談會，改在十月六日舉行，編委會的六位成員，與讀者分享編輯背後的甘苦，細說「這麼一套書的編成：緣起、過程、體會」。

踏入演講室，台上佈景上的貓，一望而知，是西西畫的，她自稱的「頑童體」，有點像克利式簡筆畫。

陳燕遐從書中的評論說起，在「讀入」、「讀出」過程中，如何了解西西的作品……

實際執行編務的，是趙曉彤和王家琪兩位年輕人。趙曉彤先指出書中大部分的資料，多來自何福仁的珍藏。對於每冊的內容，她逐一道出：「第一冊是凡例、相片、手稿……；第二冊是評論、專論；第三冊是短評，多來自報刊雜誌；第四冊涵蓋出版活動、訪談，以及續作和仿作……還有索引。」

「索引最有用！」何福仁補充說。

「開始時要在圖書館及各資料庫上，找出所有與西西相關的文章，整理出一個清單，讓編輯們可以討論。」王家琪說：「單是整理好這個清單，已花了超過兩年時間，然後再作討論、取捨，還要向二百多位作者取版權，最終收錄的不多於四成，索引做了九個版本……最後還要校對四、五次。」編輯工程之浩大，可想而知。

樊善標自認個人最感興趣的是第三冊，其中收錄的短文，來自不同的作者，實在引人入勝，例如鄧小宇寫西西「永遠不肯讓我們去認識她」，看法好特別；又如杜杜寫〈《我城》裏的早餐和甜品〉，光看題目，已教人好奇；還有陸離，寫〈西西的〈狒狒〉〉，亦教人不禁莞爾。

何福仁繼而指出西西的兩位好朋友，其中一位是陸離，另一位是亦舒，「西西和亦舒兩人走上截然不同的文學道路，亦舒流行了幾十年，呈現了另一種文化現象。」

他介紹了幾張西西的珍貴照片，其中一幅是她在上海的身份證，「大妹過世後，西西收拾文件，找到一家人在上海的身份證，才發現自己在一九三七年生。」一直以來，據資料介紹，西西生於一九三八年，大家都以為她今年八十歲，誰知，已八十一了。

還有一幅是西西與李陀、莫言，以及輪椅上的史鐵生，在北京飯店的合照。「西西在八十年代選編了幾部大陸小說，在台灣出版，實在功不可沒，她作出了很大貢獻……」何福仁道出了合照背後的故事。

除了閱讀和寫作，旅行也是西西至愛，她遊遍歐洲、土耳其、埃及等地，亦常到中國大陸。甘玉貞分享她與西西同遊蘇州和摩洛哥的細節，呈現了西西的另一面，「她對每一個地方都好熟悉，可見她旅行前的準備功夫，認真仔細到不得了……」

發佈會中，還播放了一段紀錄片——協恩校友李嘉齡彈奏《展覽會之畫》（*Pictures at an Exhibition*），帶我們步進西西的天地，導演是何福仁，已進入後期製作。

何福仁還預告：「年底會出版另一本對話集，是科幻對話，講的是科幻小說、科幻電影。」

西西雖然沒有露面，但她寫下一段文字，送給出席者：「我也想借這個發佈會說兩句。首先，感謝各位編者，這套書，比我所有的書都要漂亮。……我看到書才知道他們其實不只是吃喝，而是花了許多心力，切實地做了一件很漂亮的工作。這套書的評論者才是作者，最好由其他讀者去再評論。……評論不是創作，而是比創作有更多制約的寫作，他們必須看過原作者的東西，看的時候，可能吃了不少苦頭。如果他們從中竟然也找到樂趣，引發一點思考，就最好不過了，我會很高興。我感謝他們。」說得多真切！

《候鳥》與《織巢》

重新印製的《候鳥》，以及新作《織巢》最近出版。

仍記得，一九八一年，她在香港《快報》連載的《候鳥》，寫的正是一個少女由上海遷徙到香港，隨時間推移成長的故事。一九九一年，《候鳥》在台灣出版。

《織巢》原來是《候鳥》的姊妹續篇，西西為《織巢》所寫的序〈真實與虛構的編織〉：「《候鳥》在報上連載的收結，我連自己也不滿意，所以只出版了上卷，上卷是姐姐素素的自述，妹妹妍妍的部分，也有十多萬字，一直壓在抽屜裏……大妹過世後我收拾她的文件……翻開了許多年的記憶，我把收藏的《候鳥》剪報找出來……把剪

西西作品《候鳥》、《織巢》書影

稿攤開，痛定思痛，像織巢鳥那樣，找來材料，重新編織。……我想，《織巢》也是可以獨立成卷的。」道出了來龍去脈。

「小說中我拼貼了母親的自傳、二姨在內地寫來的長信，以及一些其他……此外，其中也加插我讀師範學院時一篇小說……」西西以虛實交錯的手法，打破時空的樊籬，把這些素材，全部編織在一起，如織巢鳥築窩成家，寫成《織巢》這部小說。

小說出版後，有朋友分享〈讀《織巢》筆記〉，「為讀西西新書《織巢》，先重讀《候鳥》，連貫着讀，完整理清脈絡，更清晰了解西西這隻『候鳥』遷徙過程與『織巢』的艱辛。」

「小說的寫法，我是絕對堅持的。這當然牽涉對文學藝術的理解，甚至對人生、對世界的看法。」

這就是西西！

本文頁112、115圖片，由何福仁先生提供，謹此致謝。

氍毹逐夢

——阮兆輝對粵劇發展的微願

二〇一八年十一月，阮兆輝先生（人稱「輝哥」）應香港中文大學中國音樂研究中心之邀，主持中國音樂講座，以「氍毹逐夢」為題，抒發他對粵劇發展的期望。

宋元以來，從宋末南戲、金院本、元雜劇、明清傳奇，以至各地方戲曲……中國戲曲可謂大盛。然戲曲的歷史發展，卻難以研究，因為一直以來，藝人的社會地位甚低，戲曲多被視為娛樂消閒之作，有識之士多不作討論，《四庫全書》中也無片言隻字提及戲曲歷史。如元雜劇之祖關漢卿，連名也無法追尋，漢卿只是其字而已。戲曲歷史備受忽視，於此可見一斑。

一桌兩椅工作室

談及未來路向，輝哥透露，他將會成立「一桌兩椅工作室」。

他強調「一桌兩椅」為舞台上最基本擺設，最能代表戲曲藝術，它可以是道具，也可以是佈景，可代表城牆、山林，甚至懸崖峭壁……。他認為「中國戲曲講求抽象」，中國傳統的戲曲文化，主要欣賞演員的表演，演員的責任就是要「做到你信」，以抽象的技巧表達出豐富的故事內涵，觀眾買票進場，欣賞的就是演員如何把故事演繹。可惜，現時很多戲曲演出追求現代化、話劇化，將亭臺樓閣搬上舞台，實在是「本末倒置」。

廣東四合院

他提出「廣東四合院」，言及四種瀕危的清唱表演藝術，亟待救亡，其中包括：

一、大八音

在清中葉開始流行於嶺南一帶的「大八音班」，擅長鑼鼓吹打，專為婚嫁迎娶、傳統節日提供禮儀性

阮兆輝在講座中講解「大八音」—

舞台上的阮兆輝——

的音樂。

戲行中人稱樂師為「棚面師傅」，但他們遇上「大八音班」時，不論其年紀，都稱之為「師傅」，可見「大八音班」地位之高超。

「香港現時仍保存有零碎的大八音，可能在殯儀館中保留得最多。」說到這裏，輝哥不禁為之苦笑。

二、古腔粵曲

清雍正年間，粵劇開始在廣東、廣西出現。最初演出的語言是中原音韻，又稱為「戲棚官話」，改用粵語來唱曲和唸白是清末以後的事。清末民初年間，廣東白話漸漸引入戲棚，有人倡議全用廣州話唱粵曲，令全行人都跟風。以「官話」唸唱的古腔粵劇式微，懂得「古腔」的老倌逐一離世，古腔粵劇漸漸被遺忘，而「戲棚官話」也成為一種瀕臨死亡的語言。

我們最常聽到的「戲棚官話」是「可惱也」（唸成「ko lao ye」），可能大家都有印象。輝哥認為古腔是舞台官話，為粵劇最古老而基本的語言，有保留的必要，因為無論是「梆子」，還是「二黃」，都源於古腔。

三、說唱

以音樂伴奏，唱說戲文的表演藝術，如南音、粵謳、龍舟歌、木魚歌，都有待傳承與研究。

以南音為例，這種「說猶如唱，唱猶如說」的廣東獨特說唱曲藝，以往演唱者多為失明藝人，演唱技藝的傳授幾乎全靠口授，於二十世紀初期最為興盛。

輝哥謙稱自己只是南音的「愛好者」，當年蹲在街頭，細聽一代瞽師杜煥演唱南音，是個人興趣，其實他不認識杜煥，坊間傳聞謂「杜煥過身後，阮兆輝為之辦理後事」，其實只是誤傳而已。

晚年的杜煥為生活所困，孑然一身，在街頭演唱南音，賣藝為生，從榕樹頭被趕至亞皆老街新華戲院附近，以致身後蕭條，逝世時幾無以為殮，可見老藝人晚景之淒涼。

當年，輝哥於「無綫」工作時，為慈善籌款，曾唱了一節《男燒衣》之末段，頗受稱許。「天聲」唱片公司的老闆，隨即找他灌錄一系列的南音唱片。

至於澳門的區均祥，年少時即患弱視，他師事瞽師劉就，據云是其誼子。在表演藝術上，他既有傳承，亦能融合各家特點，具代表性，獲得了同行和社會的認可和好評。

現時在香港，已有年輕人涉獵南音，輝哥指出「這是好事，至少是個開始」。

四、粵樂

輝哥不贊成在粵劇中用簡譜、五線譜，認為「工尺譜」有其保留之必要，它是昔日留傳下來的記譜方式，與其他記譜方式不同，可保存粵樂之特質。

由於工尺譜的記譜法，有很大的空間讓表演者作即興發揮。在傳統中國音樂裏，樂譜只是一個記載的媒體，表演者並不會完全依據樂譜演奏，可以加上裝飾音，也在節奏上有一定的自由。至於如何演奏才是合適的手法，是約定俗成的，以口傳身授的方式繼承，故此不同的流派會有不同的演繹風格。

他強調「正因『不齊』，才有供樂師自由發揮的空間」。中國人音樂，自有其特點，大多數演奏音樂者是為了自娛，如王維：「獨坐幽篁裏，彈琴復長嘯。」「我們不能將西方音樂的標準，勉強加諸中國音樂身上，它抒情性較強，可各自發揮。」他繼續說。

據說，全國戲曲界，只有香港仍在用「工尺譜」。「音樂是語言，我們的語言就是如此，不是十二平均律……」輝哥還問聽眾：「其他國家的古典戲劇，如日本的能劇、歌舞伎等，用的是甚麼樂譜呢？」

他還透露，現時已向有關機構申請，將「工尺譜」列入「人類非物質文化遺產」，而何家耀老師已為「申遺」做了很多工夫。

二黃源流探索

粵劇裏的唱，佔篇幅最大的便是板腔體的「梆子」與「二黃」。傳說「二黃」始自黃陂黃岡，故名「二黃」，兩地相距一百公里，合為一腔，較為牽強。後來歐陽予倩在報上發表了一篇文章，質疑此說，他曾到黃陂黃岡調查二黃的產地，結果連一點影兒也沒有。

「二黃若產生自該兩縣，則該兩縣必然尚有相當的藝術存在，何以不到二百年，便一點兒也沒有呢。」輝哥受到啟發，循此線索探究，他懷疑「二黃腔」出自江西。為了探討「二黃腔」的來龍去脈，他曾三次往江西考查，探訪「二黃腔」的源頭宜黃縣，並拜訪當地研究的戲曲前輩萬葉老師，亦觀聽「四平調」的演唱及演出。

他認為「西皮」的名稱是錯的，其實應該是「四平」，「唱腔如何『起』？如何『收』？完全一樣，只是『過門』不一樣……」連曲目也相同，如〈三娘教子〉、〈夜困曹府〉。可能「四平」和「西皮」粵音相近，廣東便將「四平」誤稱為「西皮」。

華光先師的謎思

每年農曆九月二十八日，是粵劇從業員的重要日子，因為這天是他們奉為粵劇先師的華光的誕生日。

「全國戲曲界都不拜『華光師傅』，何以粵劇獨拜此神？」輝哥先提出這個疑問。

傳說華光師傅本為火神。據說民間粵劇興旺，鑼鼓聲不停，玉帝便派遣火神燒毀戲棚。華光奉旨來到戲棚，卻看戲看得入迷，於心不忍，便教導戲班燒黃煙，讓煙火飄到天廷，玉帝就以為戲棚已經燒掉了，藉以瞞騙玉皇大帝，令粵劇戲班逃過一劫。此後戲班擺放華光神位，演出前必拜華光，祈求消災解難。

據《廣東戲劇史略》一書的說法，「雍正繼位……，時北京名伶張五號攤手五……逃亡來粵，寄居于佛山鎮大基尾……以京戲昆曲授諸紅船子弟，變其組織，張其規模。創立瓊花會館。」輝哥認為張五因為言論反清，致被通緝，故隱姓埋名，「華光師傅」這個傳說，可能是他杜撰的。

輝哥以湯顯祖〈宜黃縣戲神清源師廟記〉推論，指出其中「清源師」的造型似二郎神，有三隻眼，華光也一樣，據此推測「華光乃清源替身，與唐明皇的影響一樣大」。

大龍鳳劇團的研究

眾所周知，輝哥早年拜名伶麥炳榮為師，是其入室弟子，曾加入了「大龍鳳劇團」。他告訴我們，劇團留下的資料很多，尚待有心人研究、整理。

一九六二年，「大龍鳳劇團」在大會堂開幕時演出《鳳閣恩仇未了情》，他有份參與，海報上亦有其照片。「大龍鳳劇團」演出的多是通俗戲，比較「貼地」，喜劇較多，但「笑得有道理，劇情也合理」。在七十年代，劉月峰是「大龍鳳劇團」的小生，專夥拍麥炳榮、鳳凰女，他在粵劇界，亦素有「橋王」之稱，昔日曾為「大龍鳳劇團」提供不少題材改編成粵劇，不少名劇至今仍被各大小劇團選演。

演藝心得結集成書

輝哥於二〇一六年出版《弟子不為為子弟》一書，自述半生傳奇，他生於大家族，其父排行十七。在書中，他從家族興衰說起，寫出童星往事、戲行軼事……，既剖白對粵劇赤誠之心，亦道出對師長感念之情。

他有感於很多粵劇藝人，不重「傳承」，剛開始便「發展」，未幾即自行「創新」。他認為：「有繼承，有了相當的藝術水平，便自然會有所發展，基礎未打穩，便奢談創新，談何容易？」

二〇一七年七月，他更推出新作《生生不息薪火傳——粵劇生行基礎知識》，將先輩傳授的有關「生」行基礎知識文字化、影像化，供粵劇後學、粵劇教育工作者，作為參考資料。「所謂『前傳後教』，將前輩所教的說出來，廣傳於世，才是報答之道。」他一直貫徹這個想法。

粵劇教育工作

言及粵劇的教育工作，輝哥提到：「當年王粵生先生在中大音樂系授課，常帶同我一起進入中大，他演奏音樂，我負責講解……」他面對群眾演講的經驗，原來就由那時開始。

此外，湛黎淑貞博士於教育署工作時，成立「粵劇教學研究工作小組」，與一班志同道合的朋友群策群力，將粵曲引進中學音樂課程中，他也是小組成員之一。

每年校際音樂節中的粵曲比賽，眼見有天分的學生頗多，但最終成材的卻甚少，何故？問題出於家長的心態。他指出香港的教育制度，令藝術發展的空間不大，很多家長並不重視「藝術」，不少孩子都很有天分，但為了應付公開考試，讀到中三、中四，便開始被禁止參加任何藝術活動，如此一來，便喪失不少人才。

阮兆輝飾周瑜，舞台上的佈景只有一桌兩椅

「藝術不是『玩』，而是一生人傾盡心血而做好的一門專業。」他語重心長地說。

藝術與學業何以不能同時發展？他慨嘆不少人只重視西方藝術，所謂「越遠越馨香」，藝人往往在生時乏人尊重；死後才被追念。談到粵劇老前輩，他說：「我最佩服的是四叔靚次伯，他不懂便說不懂，不會隨便亂說。」

讓粵劇重回正軌

最後，輝哥提及其願望，是「讓粵劇重回正軌」，他慨嘆：「新一代的戲曲表演，在舞台上加進太多西方的東西。」舞台過分講究佈景、燈光、道具，摒棄了昔日那種簡樸的舞台，「在舞台上加入一道橋、一座樓梯……教演員如何表演？」他直言「舞台身段只宜在平地上表現出來」。

他也反對新興的戲服，曾提出「沒水袖、沒靠旗、沒高靴……平日練習的東西全沒有了，那該練甚麼」的問題，實在值得深思。

在整個大環境下，他不反對以「新猷」作招徠，也贊成創新。近年不少人將他視為保守派，對於這個誤會，輝哥笑着說：「我保護傳統，但從不反對創新！」早在四十

講座大合照

多年前，他與普哥（尤聲普）、威哥（梁漢威）等已成立了「香港實驗粵劇團」。

不過，他反對「取代」，他認為藝術有不同的派系，大家要包容，但千萬不要將基本的東西連根拔起——這就是他的「微願」。

結語：薪火永傳

阮兆輝先生七歲入行，從藝超過六十年，已成為粵劇的「萬能大老倌」，不但能演，亦能編、能導，今時今日，雖已年逾七十，還孜孜不倦地從事各種推廣、傳承的工作，並致力培養新秀，期望粵劇能開展出新的天地。

二〇一八年九月，他走進中大校園，教授通識課程「中國戲曲欣賞」，除了選修學生，還吸引了不少外來的旁聽者，逢星期三的上午，利黃瑤璧樓的LT3都座無虛設。是次演講，他探討粵劇未來的發展、有關的研究，以及心底的企盼，他提及的問題——如何保留？如何挽救？如何承傳？絕對是現今粵劇最大的課題，有待大家深入探索。

有人說過「粵劇這門本土藝術充滿頑強的生命力」，但願有心人積極開展工作，協力把粵劇的藝術和精髓發揚光大，繼續薪火相傳。

本文圖片，由蘇仲女士提供，謹此致謝。

《40對談》
——談笑有鴻儒，往來無白丁

陳健彬與其新書《40對談》—

近年來，香港戲劇的發展非常蓬勃，今時今日，劇場表演，可謂「百花齊放」，不同的劇團，正在搬演不同類型的戲，亦有不同風格的演出。

香港話劇團（下稱「話劇團」）於一九七七年創立，是香港歷史最悠久、規模最大的專業劇團。四十年的歷史，可劃分為兩個時代——在一九七七年，話劇團成為香港首個職業化的劇團，這是香港戲劇發展史上劃時代的里程碑；至二〇〇一年，話劇團從公營機構轉型為有限公司，又是另一別具意義的印記。

為了紀念話劇團成立四十周年，行政總監陳健彬，透過與四十位嘉賓的對談，梳理出話劇團四十年以來的歷史和拓展路向，結集成書。

四十對談勤修史

陳健彬服務於劇團長達十七年，「目睹話劇團從過去到現在，幾代人的聚散，人和事的變遷……」於是肩負起這個使命。他在開場白中道出，自己既非職業寫作人，下筆並不容易，但「最初得到太太，還有林克歡老師的鼓勵，加上劉兆銘先生、任伯江老師的支持，於是毅然執筆，從去年初夏開始，花了十八個月的時間，動筆『修史』……」

《40對談》採用「記言」的方式進行撰寫，邀請四十位對劇團發展極具意義的人士，通過「對談」，將不同角度的「集體回憶」，加以記錄、整理，從而將話劇團發展的歷史軌跡勾勒出來。

四十位嘉賓的對談，可減低資料的偏差、失實，背後還帶出了不少未曾公諸於世的故事，除可增加《40對談》一書的可靠性及全面性之外，亦可加強其吸引力和閱讀趣味。

陳健彬指出：「每次對談，都要花盡心思，擬設問題，引導嘉賓講述個人與劇團之間千絲萬縷關係。」除了對談內容，每篇均由他親自撰寫出「前言」及「後語」，補充背景資料，亦道出他與對談者交流的感受。

「團結則存」趨至善

在新書發佈會中，首先上台發言的是話劇團前藝術顧問任伯江博士，也是陳健彬的老師，他幽默風趣，透露當年曾收到一份「功課」，就是陳健彬與太太合作拍了一套「小電影」，原來是一個戲劇小品，並以邱吉爾曾引用的名言"United we stand"（團結則存），高呼「戲劇萬歲」作結。

話劇團創團時訓練班導師劉兆銘，也在演員劉雅麗陪同下，前來「撐場」。他在台上謙稱「『香港話劇團』是我的師父」，並指出劇團的演員比較謙虛，「眼睛不會長在額頭上」，而且不斷追求更高的境界。作為觀眾，每次觀劇後，他都會期待更好的演出。

探索藝術新領域

隨之上台的是話劇團的藝術顧問鍾景輝、桂冠導演毛俊輝、前藝術總監陳尹瑩、

新書發佈會上大合照。
左起：陳敢權、任伯江、陳尹瑩、鍾景輝、陳健彬、毛俊輝、劉雅麗、劉兆銘

現任藝術總監陳敢權，以及演員劉雅麗。

在香港無人不識的鍾景輝笑言：「幾十年來，我看着陳健彬與劇團一起成長。」話說當年，由於鍾景輝在電視台工作期間，兼任話劇團藝術顧問，通常要下班後，才能開會，陳健彬要經常再「加班」，為了話劇團的工作，「朝九晚九」也毫無怨言。

「話劇團走向公司化，踏入新的階段，在藝術取向方面，也要帶出新面貌，工作一點也不簡單。」毛俊輝還記得二〇〇三年，就是爆發「沙士」那一年，話劇團與中樂團、舞蹈團，攜手合作，製作《酸酸甜甜香港地》，為香港人「打氣」。這齣音樂劇由他擔任導演、何冀平編劇，「大家一齊戴着口罩，到我家開會，至今記憶猶新……最難忘的是二〇〇六年，《新傾城之戀》到北京演出，走進首都劇場，原汁原味的『港式』演出，大受歡迎，而且得到好評。」他說起往事，仍回味不已。

「人稱『孟嘗君』的陳健彬是個『好好先生』，跟着他，經常有『好嘢食』。他是行政總監，也是我的老師。我們還一起去唱粵曲，常常出雙入對……」談笑風生的陳敢權，期望話劇團有更多更好的新機遇。

陳尹瑩博士在一九八六年開始擔任話劇團的藝術總監，「早在一九七八年，我已為《馬》當舞台監督。」當時King Sir（鍾景輝）為話劇團翻譯及導演《馬》，並演出其中一角。「King Sir每次出場前，總會握着我的手說：『我的戲，交給你了！』」自此之後，她當導演，每次演出開場前，也會像King Sir一樣，握着舞台監督的手，說一聲「我的戲，交給你了！」這是一份交託，也是一份尊重！

著名演員劉雅麗，多年來參與不少話劇團的演出，她笑稱：「當年我在玫瑰崗學校念書，四歲開始，陳太已是我的"Miss"……」她在演藝學院畢業後，隨即考入話劇團，當時楊世彭任藝術總監。「面對不同的導演、演員，如何磨合？實在不容易！」從一九九〇至九四年，她在話劇團，不斷思考探索的，就是"How to be professional in theater?"。她說：「我很幸運，得到《我和春天有個約會》的演出機會，與周輝（周志輝）、阿寶（馮蔚衡）等多位同事合作，一起孕育這齣戲，舞台劇是"Ensemble work"，缺一不可……」她出外行走江湖多年，「每次回『娘家』排戲，總是最安心，可專心做好自己的本分」。

獨立營運展業務

隨後的幾位嘉賓，有前文化署署長陳達文、前教育署署長余黎青萍（Helen）、前市政總署助理署長馬啟濃。陳達文博士是《40對談》書中第一輯「歷史篇」的首位訪談者，道出了香港在七十年代的文化政策與香港話劇團成立的前因後果。

余黎青萍曾是陳健彬的上司，早在上世紀八十年代，他已曾跟Helen說，如果香港話劇團脫離政府獨立營運，他願意辭掉公務員的工作，轉到話劇團服務，放棄政府僱員的種種福利，可見他對行政總監這個崗位的投入與忠誠。Helen語重深長地說：「香港有話劇團、舞蹈團，也有中樂團……絕不是文化沙漠！」

馬啟濃則談及表演場地，早在一九七七至七八年，他任職康樂市容主任時，舞台只是個帳幕，他唯有「土法煉鋼」，絞盡腦汁予以改善！

接着，任職話劇團的馮蔚衡、梁子麒、黃詩韻，以及資深藝評人曲飛、香港舞蹈團行政總監崔德煒先後走到台上，與大家分享個人的感受。馮蔚衡是助理藝術總監，負責統籌及策劃話劇團「黑盒劇場」的節目，她特別感謝 King Sir 的教導，也感謝陳健彬的提攜，還有同事的合作。她強調「黑盒劇場有更多的空間，可將不同類型的戲劇，帶到觀眾的眼前……」

曲飛撰寫藝評，始於上世紀八十年代，曾任職香港報刊的文化版記者。他認為《40 對談》的作者很重要，「陳健彬有過人的魅力，四十年來從不樹敵，如何管理一班『反叛』的藝人，實在不簡單……」

梁子麒在求學時期，已是戲劇發燒友，畢業後，曾先後兩次投考話劇團全職演員，都不獲取錄，其後「棄藝從政」，自二〇〇一年開始，加入了劇團，擔任節目主管。他認為當前急務，除了開拓觀眾，還要拓展場地，現時的掣肘比較多，阻礙了戲劇的發展趨勢，他笑着說：「我終於明白了，不被取錄，是因為我太『乖』！」

黃詩韻在二〇〇九年加入劇團，出任市務及拓展主管，她指出劇團現時的情況：「節目多了，觀眾也增多，但競爭亦更大……我們需要開拓觀眾，也要找企業贊助，以維持劇團的業務發展。」

崔德煒出身商界，曾任劇團財務及行政經理，他仍記得當年在四月一日上班，要在一個月之內弄好劇團的政策程序條例，因為話劇團「公司化」……

退休無期話當年

壓軸登場的是資深演員雷思蘭及周志輝。周志輝告訴大家，他加入劇團已有三十六年，還說近年陳健彬經常問他：「幾時退休？」——「我不會退休，除非你『炒』我。」真是妙問妙答。雷思蘭於一九八三年加入劇團，是楊世彭聘請她的。「最初見到陳健彬，很『靚仔』，似足內地的明星，我還以為他是演員呢！」她笑言自己在劇團三十多年，可說「從青春走到白頭」。

時間飛快地過去，兩個小時的發佈會，就在現場的歡笑聲中結束。

製作一個舞台劇，付出的時間、精力和心血，絕不簡單，營運一個劇團，箇中有多少不為人知的甘苦與喜樂；你可有興趣，翻開《40對談》，聽聽背後的故事？

本文圖片，由香港話劇團提供，謹此致謝。

當豐子愷邂逅竹久夢二

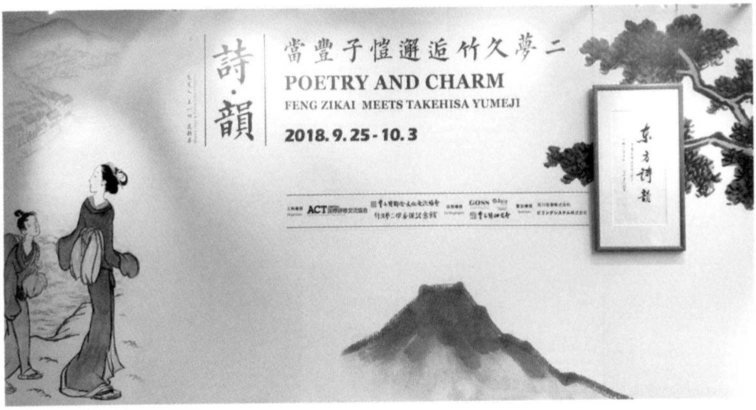

中秋節過後的黃昏，匆匆走至金鐘半山的香港亞洲協會。踏入正門，步進天台的空中花園，豐子愷的孫兒豐羽，以渾厚的嗓音誦讀竹久夢二的〈黃昏〉——

又見黃昏
把悲傷藏進衣袖　走近
木梨花撲簌簌落下
頭上　淡淡的清芬

又見黃昏
問路的仍年輕的旅人
眉間黑痣似曾相識
背影　讓人淚沾衣襟

掀開了「詩・韻——當豐子愷邂逅竹久夢二」展覽的帷幕，將我們領進了豐子愷和竹久夢二的詩畫天地中……

二〇一八年十一月九日是豐子愷誕辰一百二十周年，豐子愷最疼惜的么孫，豐羽覺得有責任為爺爺做點事，弘揚豐子愷的藝術，是他一直以來的想法，於是決定在香港舉辦豐子愷作品展。豈料，展覽後來變為五個，分別在香港、杭州、北京，以及豐子愷的故鄉桐鄉，四地五場，從不同角度，呈現豐子愷在美術、文學、音樂、設計、教育、翻譯等方面的成就。

早在一九四九年四月，豐子愷先生曾隻身赴港舉辦畫展，相隔六十三年後，在二〇一二年五月，他的作品又在香港展出。當時香港藝術館舉辦的「有情世界——豐子愷的藝術」展覽，分為「人間情味」及「護生護心」兩個專題，曾引起極大的迴響。

是次展覽，展品分別來自豐子愷家族和日本竹久夢二伊香保記念館，據說其中竹久夢二的作品為首次走出日本展出。

竹久夢二的作品不易借出，此次得以跨海而來，實在非常難得。伊香保記念館的理事鹽川香峰子女士特別指出：「本來這次展覽僅有五十件作品，但老館長木暮享感動於這次展覽的意義，特意再為展覽選取了十件夢二的精彩作品展出。」

策展人王一竹女士亦表示，豐子愷一直為魯迅的作品作插畫，考慮到香港人大

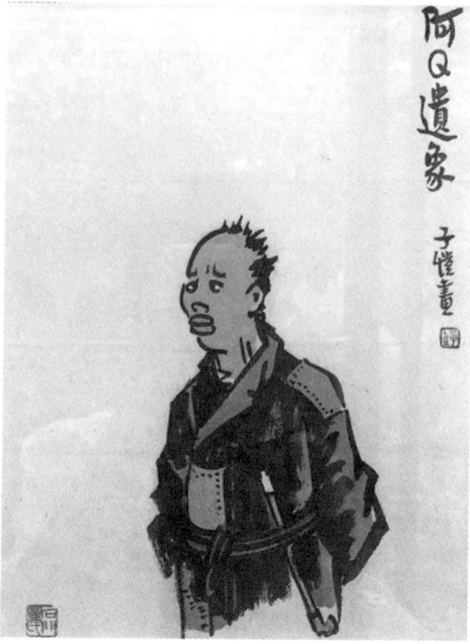

《阿Q遺像》(豐子愷繪)

多熟悉阿Q這個小說人物，故在香港展場特別加入《阿Q遺像》，讓觀眾感受豐子愷插畫人物的妙趣。

子愷邂逅夢二

話說在一九二一年，豐子愷到日本留學習畫。那時的日本正值「大正時期」，經過明治維新，社會各方面受到西洋文化的衝擊，在和洋結合的背景下，日本的畫壇，產生了一種新的審美觀「大正浪漫」。

豐子愷從來沒見過夢二，也一直不知道夢二在哪裏，只是偶爾在舊書攤上看到《春之卷》——「翻到題目"Classmate"的一頁上自然地停止了……這寥寥數筆的一幅小畫，不僅以造型的美感動我的眼，又以詩的意味感動我的心。」他趕緊掏出錢來買下這冊舊書，帶回寓所「仔細閱讀」。在〈繪畫與文學〉中，他曾詳述此事。

從此，他不單知道「作者竹久夢二是一位專寫這種趣味深長的毛筆畫的畫家」，還迷上夢二，並多方搜求其畫。豐子愷在日本只逗留了十個月，回國後還託友人黃涵秋繼續設法，終於買到《夏》、《秋》、《冬》三冊和另兩本夢二畫集。

夢二的畫作多反映平民、市井生活；而他常在小品畫下，附上幾句短詩，詩畫結合之作，更深深地吸引着豐子愷。

一九二二年初秋，豐子愷來到上虞的白馬湖春暉中學教書，當時朱自清、俞平伯、夏丏尊等都在，授課之餘，他開始繪畫自娛，以毛筆作簡筆寫意畫。至一九二五年底出版《子愷漫畫》，明顯受到夢二那種「言簡意繁」的漫畫之影響，連周作人也曾道出「豐君的畫從前似出於竹久夢二」。

豐子愷在〈談日本的漫畫〉中指出竹久夢二的畫風「熔化東西洋畫法於一爐。其構圖是西洋的，畫趣是東洋的。」另外，他又強調夢二的畫「使人看了如同讀一首絕詩一樣，餘味無窮」。所謂「畫中詩趣的豐富」，亦體現在豐子愷的作品中。

原來你在這裏

明治末期，日本畫壇誕生了一位描寫市井生活、民眾喜怒哀樂的畫家，那就是竹久夢二。夢二在日本，恍如豐子愷於中國，幾乎無人不識。他是日本明治和大正時期的著名畫家、裝幀設計家，也是詩人、作家，小說、童謠、散文都甚具水準，他自小喜歡繪畫，尤愛畫馬，可是他沒進過正規的美術學校，亦從未受過正式的繪畫教育。

右：《小學同學》（豐子愷繪）——
左："Classmate"（竹久夢二繪）——

出生於岡山縣的夢二從小生活在港口城市，接觸異國情調。早年，他面向社會人生，同情弱者，作品多描畫年輕人的生活，如男女之情、田園生活等，非常純樸。正如日本美術評論家小倉忠夫所評，夢二的畫「是和日常人生體驗和生活感情息息相通的畫，具有能夠觸動平民百姓的抒情琴弦使之自然產生共鳴的性質。繪畫寫詩即是其人生，生活本身同藝術處於同一層面。」

夢二曾於一九三三年十一月訪問台灣，在台北舉行了「竹久夢二旅歐作品展覽會」。翌年九月，這位在日本被譽為「追求美和愛的漂泊的抒情畫家」，在信州富士見高原療養院逝世，享年五十歲。他的作品影響深遠，時至今日，依然對日本美術有着極其重要的影響。

「夢二抒發了一個時代的情懷，在順應個人愛好的同時表達了日本的旅愁和哀感。」川端康成如是說。

右・《用功》（豐子愷繪）—
左・《考試》（竹久夢二繪）—

甚麼人遇上甚麼人

走進展覽會場，只見夢二的"Classmate"與豐子愷的同題畫《小學同學》並列。豐子愷曾說過：「我後來模仿他，曾作一幅同題異材的畫。」由主題模仿，以至造型上的模仿，都可以找到原型。

《用功》是最明顯的一幅，與夢二的《考試》，畫法幾乎一樣，只是將人物的造型改變了；又如"Alone"與《水光山色》，兩相參照，體現了夢二對豐子愷在創作上的影響。豐子愷將夢二「初期草畫」轉化為中國式漫畫，在技法運用上，他將夢二那種精雕細琢，滲透了西洋畫的特殊線描，演化為中國畫式的用筆，揮灑自然。

展覽中的其他畫作，則展現兩位藝術家在表現形式、題材與審美上的差異。夢二後期的創作，轉向「美人畫」，他運用亮麗豐富的色彩，表現女性的孤獨、憂

右・《今夜故人來不來》（豐子愷繪）——
左・《明月落誰家》（豐子愷繪）——

傷，尤其是那種帶着異樣眼神的瞳孔，充滿病態美，頹廢中不失魅力，有「夢二式美人樣式」之稱。如《黑船屋》，是夢二藝術生涯的最高傑作，雖然展出的是複製品，仍別具吸引力。展品之中，除了設色絹本立軸、水墨紙本手卷，還有素描、樂譜封面畫、繪本月刊插圖……可謂多彩多姿。

展覽將八十幅豐子愷的作品梳理成「無聲之詩」、「浪漫之心」和「哲理之思」三個部分，盡顯其作品之素樸，題材之廣闊，舉凡詩詞意境、社會情貌，以至兒童時光、學生生活……無不寄寓畫中，簡單線條的勾勒，造境着筆的自然，在平實中寓意深遠，帶來更多的想像空間，如《今夜故人來不來》、《明月落誰家》，淡淡的詩意，醇厚的情味，都教人回味不已。

談及夢二的畫，豐子愷說過：「以毛筆作瀟灑

《黑船屋》（竹久夢二繪）

生動的表現，趣味尤為雋永。……而又以畫抒情，故他的作品有類於詩……但以畫描出人生，真切而富有人情味。」挪來形容豐子愷的作品，亦甚貼切。

離開時，月色濛濛，走在寧靜的正義道上，想起夢二在《出帆》中說過：「你是甚麼人便會遇上甚麼人；你是甚麼人便會選擇甚麼人。」

中學時代，因為小思老師的推介，喜歡豐子愷，又因為豐子愷，迷上竹久夢二。

甚麼人便會選擇甚麼人！

豐子愷遇上竹久夢二，豈是偶然！

「選擇拍電影這條路，就回不了頭……」

——許鞍華獲金獅終身成就獎

她一生都在拍電影

昨天大清早，接到陸離凌晨三時的短訊，傳來許鞍華獲得「金獅終身成就獎」的消息。

許鞍華是第一位華人女導演獲此殊榮，過去的獲獎者，包括香港觀眾熟悉的吳宇森，他於二〇一〇年獲獎，距今剛好十年。

許鞍華獲悉得獎後，自言感到十分高興，亦深感榮幸，表示心情難以用言語形容，「我只希望世界快點恢復原狀，每個人都能感到開心，像我此刻一樣。」

第七十七屆威尼斯電影節將於九月二日至十二日舉行，許鞍華與英國女星狄達絲雲頓（Tilda Swinton）一起獲獎，實在可喜可賀。

許鞍華與威尼斯國際電影節，結緣於二〇一一年，她帶領電影《桃姐》團隊參展兼入圍主競賽單元，女主角葉德嫻更憑此片奪得「最佳女演員」殊榮。其後，亦曾於二〇一四年，為威尼斯影展其中一個競賽單元擔任評審主席，在當地逗留十多天，才被大家所認識。

接受傳媒訪問時，許鞍華說：「獲終身成就獎好鼓舞，因為這個獎不是比賽，

許鞍華 —

證明香港電影業有世界水準，間接肯定香港電影業的成就。」問及會否出席九月的電影節，她強調要看情況是否許可。

正如威尼斯國際電影節的藝術總監Alberto Barbera所說：「許鞍華是當今亞洲最受尊敬、最多產，最多才多藝的導演之一；她的職業生涯跨越四十年，涉及所有的電影類型。」

他指出，「從一開始，她就被公認為『香港新浪潮』的關鍵人物之一。電影運動在七十和八十年代徹底改變了香港的電影，將這座國際大都市轉變為最具活力的創意中心。」大家還記得嗎？許鞍華的第一部作品是一九七九年的《瘋劫》，也是香港新浪潮電影代表作之一。

許鞍華的電影題材廣泛，「她執導的電影類型非常不同，從情節劇到鬼故事，從半自傳電影到文學作品的改編，而且沒放棄家庭劇、武俠電影和驚慄電影。」例如《撞到正》（一九八〇）講的是粵劇團裏的鬼故事，一九八四年的《傾城之戀》則改編自張愛玲的小說，一九八七年的《書劍恩仇錄》是武俠片，至一九九〇年，半自傳色彩的電影《客途秋恨》，寫的是母女間複雜微妙的關係，而一九九一年的《上海假期》則展現了二十世紀八、九十年代上海平民生活的面貌……她一直在作出不同的嘗試，涉獵不同的題材。

「她是香港最早將紀錄片材料帶入虛構電影的導演之一。儘管她一直關注電影商業的一面，並在公眾中獲得廣泛的成功，但許鞍華的電影，卻從未放棄『作者』的處理方式。」這牽涉到電影作者論（註）的理念，許鞍華拍攝的電影，素來都雅俗共賞，可是，她總有自己個人的風格。

「在她的電影中，她始終對同情心和社會變遷表現出特別的興趣，以敏銳和知識分子的精巧，敍述個人的故事，這些故事與重要的社會主題交織在一起，例如難民、邊緣人和老年人。她以開拓性的方式，通過她的語言和獨特的視覺風格，捕捉了城市的具體面貌，以及香港的想像力，並將其轉換並轉化為普遍的觀點。」Alberto Barbera 說的，正是許鞍華作品特色之所在。

觀乎她拍於早年的作品《投奔怒海》（一九八二），是個「蒼涼而悲憫，激越而細緻」的難民故事，而《女人四十》（一九九五）道出了職業婦女周旋於妻子、媳婦、母親與員工多重角色間的艱辛苦楚，至於《千言萬語》（一九九九）中的大部分人物，改編自真人真事，片中描述他們在七十年代末至八十年代的社會運動下的經歷和命運。至二〇〇八年的《天水圍的日與夜》，寫的是草根階層的生活，平實而「貼地」，許鞍華在訪問中說過，這齣戲幾乎重建了她「對於電影和世界的信心」，也是我最喜歡的一部片子。

許鞍華最擅長的，是拍攝「大時代中的小人物」，《桃姐》正是箇中表表者，獲獎無數，不單止贏取了香港電影金像獎最佳電影、最佳導演、最佳編劇，金馬獎的最佳導演，還造就了劉德華和葉德嫻兩人成為金像獎、金馬獎的最佳男、女主角。

她曾坦言：「我很幸運，遇上一個好的題材，觀眾的反響很好，又拿了很多獎項，拍完之後，便可以繼續拍戲，否則便沒戲拍了。」接着，她把蕭紅短暫的一生搬上銀幕，二〇一四年的作品《黃金時代》，其敍事方式，卻是個大膽的嘗試，縱使外界的評論不一，但在影片中，我卻看到了蕭紅的美好品質，她的倔強、她的堅定，還有她的才華。

至於二〇一七年的《明月幾時有》，則是個香港游擊隊抗日的故事，許鞍華表示：「因為沒有人拍過這個題材，所以便想拍。」電影描述動盪時代女子的剛強與柔情，奪得了第三十七屆香港電影金像獎「最佳電影」、「最佳導演」等五個獎。

從《瘋劫》到《明月幾時有》，許鞍華拍的電影類型多變，卻一直不離探討人際關係的主題，而且各具特色，在商業和藝術之間亦取得很好的平衡，她對電影的投入和執着，也一直感染着我們。

遇上張愛玲的小說

張愛玲生於一九二〇年，許鞍華的新作是《第一爐香》，改編自祖師奶奶的《沉香屑・第一爐香》，電影於二〇一九年五月底開鏡，大抵是為了趕上紀念張愛玲的百歲誕辰。

對於改編張愛玲的作品，許鞍華可謂經驗豐富，張愛玲的小說，第一次被搬上大銀幕，便是《傾城之戀》。許鞍華極喜歡張愛玲的小說，早在一九八四年，她為邵氏拍了《傾城之戀》，「當時只從個人的喜好出發，沒有考慮觀眾的接受能力。」她不諱言，在準備不足的情況下，「結果是……我想它的『不好』是大部分觀眾看不懂。」

其實，《半生緣》才是她最喜歡的小說，直到一九九六年，她才找到資金開拍。

許鞍華拍攝《第一爐香》期間與杜可風（左）、陳榮照（中）合照

許鞍華認為：「文藝創作與讀者是一種緣分，如果覺得某部作品吸引，就應該去拍，因為自己的看法和作品有共鳴，才覺得它特別吸引，拍它即是拍自己的體會，十分值得。」這齣電影在內地大受歡迎，香港觀眾的反應卻是一般，嫌它節奏慢。

「我的感覺是，一般情況下，原著不是那麼好的，能拍成好電影的機會倒大一點，那是很自然的。」張愛玲的小說，在文學界備受推崇，已成為大部分導演、編劇想碰又不敢碰的題材，其作品的故事情節起伏跌宕，加上大量細緻入微的心理書寫，以及在複雜的人性上入木三分的描畫，在改編的過程中，實在不易拿捏，故此，每一次的改編，都成了大家，特別是眾多張迷關注的焦點。

「愈上乘的文字愈是無法拍出來，特別是概念性或思想性的東西，那是絕對拍不到的，就是拍到也需要演化成別的東西。」許鞍華如是說。

《傾城之戀》的編劇是許鞍華的好友蓬草，《半生緣》的編劇是資深編劇陳建忠，而《第一爐香》，則由知名小說家王安憶擔任編劇，許鞍華與她的合作，卻非第一次。

記得十多年前，王安憶將張愛玲的代表作《金鎖記》改編成了舞台劇，電影導演黃蜀芹出任導演，二〇〇四年十月於上海演出。二〇〇九年，《金鎖記》在香港與觀眾見面，由許鞍華導演。我也適逢其會，跑到上環文娛中心看這齣舞台劇，焦媛演活了曹七巧，教人不寒而慄。

《沉香屑・第一爐香》發表於一九四三年，小說講述上海女學生葛薇龍於「八一三事變」後，隨家人到香港避難，後因生計投奔姑母，戀上紙醉金迷的生活，且愛上富家公子喬琪喬，由單純女學生墮落為交際花的故事。

張愛玲筆下人物，往往生於大時代，她於小說開首，細細述來，「請您尋出家傳的霉綠斑斕的銅香爐，點上一爐沉香屑，聽我說一支戰前香港的故事，您這一爐沉香屑點完了，我的故事也該完了。」

許鞍華擅長以電影語言處理文學與時代的題材，在疫情下的「愛玲愛玲年」，她會為觀眾帶來怎樣的《第一爐香》？大家且拭目以待。

註：作者論（Auteur theory）是電影史上標誌性的電影理論，源於法國新浪潮運動時期。歐洲在二戰後出現了一系列先鋒藝術運動，其中法國的杜魯福、高達、查布洛等電影人認為電影像文學作品、音樂作品、美術作品一樣是作者的作品，是電影作者的作品——即導演個人的作品。

本文圖片，由陳榮照先生提供，謹此致謝。

觀賞「香港印象」展覽，解讀我城歷史

捕捉香港印象

走進香港中文大學文物館的展廳，迎面而來的是「香港印象」四個字。中大文物館與芝加哥大學香港袁天凡、慧敏校園合辦「香港印象」展覽，展出超過一百幅的畫作和相片，展現了上世紀四十至七十年代的香港風貌。「這次展覽，目的在捕捉各式各樣的香港印象。」文物館館長姚進莊博士開宗明義，道出了展覽的目標。他繼而指出，大部分的展品為首次亮相，期望透過不同的藝術作品，提供另一個角度，讓我們理解當時的藝術家，如何思考和想像香港，並透過他們的角度，引領我們以嶄新的方式欣賞香港的山水。

在這個展覽中，展出了大家熟悉的黃般若（一九〇一—一九六八）、趙少昂（一九〇五—一九九八）、呂壽琨（一九一九—一九七五），以及王無邪（一九三六年生）等畫家的作品，然而大部分的展品，卻來自葉因泉（一九〇三—一九六九）的手筆。這些前輩畫家從藝術家的視角，描畫香港當年發展的點滴面貌，讓觀賞者能夠欣賞到他們想像和記憶中的香港，從而得知這個城市的歷史。

回想八十五年前，胡適在一九三五年一月，曾應邀來港，接受香港大學名譽法

《香島一隅》（呂壽琨繪）

學博士學位。他在香港逗留五天，遊覽了太平山頂、淺水灣、香港仔、大埔等地，驚歎香港風景之美，勝過不少地方。他在演講時，道出了自己對香港的印象：「香港應該產生詩人和畫家，用他們的藝術來讚頌這裏的海光山色。」

太平山下話當年

三層的展廳分為四個部分，前三個部分以港島、九龍、新界地域劃分。最後一部分則為中大文物館最新入藏的上世紀五十年代的彩色照片。

展廳的中央部分，擺放了幾幅名家名作，例如黃般若的《太平山下》、呂壽琨的《香島一隅》，還有黃無邪的《香港仔》……

太平山可說是香港的標誌，時至今日，提到香港的旅遊景點，無論是土生土長的本地人，抑或是海外的遊客，一般人往往會聯想起香港島的太平山，除了因為其景色優美，

《太平山下》（黃般若繪）——

亦由於當時的官方機構，對太平山的重視與宣傳。

據資料顯示，當時的英國政府，為了標示香港是個東西文化融和的城市，以及展現政府帶來的美好建設，特意在一九一三至一四年間修築了山頂的盧吉道。從此處向下望，眼前便出現這個都市無與倫比的景色。「香港旅行會」早於一九三五年成立，以半官方機構的形式營運，並於翌年出版旅遊指南《香港——東方海濱渡假勝地》，向海外人士介紹香港的景點，亦藉此突顯香港在英國統治下的成就。而陳公哲則於一九三八年，出版了第一本以中文撰寫的《香港指南》，加入名勝、古跡，採用與官方不同的態度，處理旅行、景點和對香港的看法。書中不但列出太平山頂、獅子山、馬鞍山、八仙嶺等名勝，還包括宋王臺、九龍城、青山禪院等文化景點。

《香港仔》（王無邪繪）

來自廣東的畫家黃般若，在五十年代之時，經常參加由民間團體「庸社」舉辦的郊遊遠足活動，除了港島外，還會到九龍和新界遊覽。他主張師法自然，同時，亦根據中國山水畫美學，以調校眼前所見的實景。例如《太平山下》，作品描畫了煙霧繚繞的太平山，刻意略去沿岸建築的細節，將實景模糊化，再以簡潔流暢的線條，勾勒出岸邊的帆船，藉此展示香港繁華的背後，亦有超塵脱俗的寧靜，觀賞者需要用心去觀察與感受。

細觀王無邪早期的作品，反映出藝術家對周遭經常作出仔細的觀察，而且對色彩及繪畫進行過不少實驗性的嘗試。從水彩寫生的《香港仔》，以至用調色刀創作的《後街》，這些風格多變的作品，顯示他一直都關注西方藝術的最新發展，而對現代藝術蘊含的可能性，也具備相當的認識。

上・香江八景之《快活谷》
下・香江八景之《繞山橋》

不拘一格的畫家

葉因泉是著名的漫畫家，他生於香港的富商之家，曾在香港華仁書院讀書，因家道中落，到過上海，其後回到廣州，以漫畫和插畫開展其藝術生涯。抗戰期間，在逃難中，身處顛沛流離之際，他亦不顧艱辛，將每天目睹的民間慘況，以畫筆記錄下來，繪成《抗戰流民圖》，被譽為「史畫」。葉因泉自學成才，擅長多種媒介，曾自習西方水彩和中國畫，將中西繪畫技法融會貫通。一九四九年，他定居香港後，曾於《華僑晚報》和《世界畫報》等報章雜誌發表插畫和漫畫，以漫畫描寫民間生活百態，藉以諷刺時弊。

是次展出的畫作，大部分是他遊覽香港名勝的紀遊作品，也正好展示他不拘一格的才華。

在展廳的一側，映入眼簾的是葉因泉「香江八景」，他以中國傳統山水小品的形式，從歷史古跡、自然地貌，以及現代建設三方面着眼，描繪他所選定的香港八景，包括《快活谷》、《軌纜車》、《繞山橋》、《宋王台》、《九龍城》、《鯉魚門》、《望夫石》、《青山寺》。他「以超然的視野，勾勒出青山寺、宋王台及九龍城寨的地理形勢」。即使描畫自然地貌，亦與香港歷史息息相關，例如「《鯉魚門》一作，從維多利

上・香江八景之《鯉魚門》——
下・香江八景之《望夫石》——

亞港遠望此狹窄的海門，只見海面漁帆與商船旗幟相映襯，顯示出漁業與航運貿易奠定了本地發展的軌跡。至於《望夫石》，畫家既畫奇石，亦畫了登山眺望的遊人。」

在寫景方面，他以寥寥數筆，突顯了香港的都市活力。「《快活谷》一作，畫家不寫賽馬盛事的喧鬧，只寫馬場跑道的延綿，以反映賽事的規模。《軌纜車》一片雲海，獨留山腳與山頂建築，襯托出山勢的峭拔。至於《繞山橋》則以盧吉道的海港景觀為題，遠處帆影輕輕略過，前景與中景着意繪畫現代鋼筋水泥的觀景步道以及煤氣燈，並以山林的嬌紅哀綠點染出繁華朝氣。」在繪畫的過程中，他加進了自己對香港的獨特看法，亦反映了其創意。

葉因泉的風景畫，一方面以現代人的視角重現城市面貌，另一方面又轉化傳統山水畫的圖式，描寫人與景的互動。例如《香港寫生冊頁》，則採取透視遠近法，重現山頂遠眺海港的景觀。

他的水彩展品，多運用線條、塊面、色彩等基本造型元素描繪風景，如《獅子山》、《慈雲山望傻人塔》，反映了畫家熱愛遊山玩水，其作品之取景與行山路徑相呼應，而他亦長於轉化日常行蹤為「幾何色塊的協奏曲」，如《沙田道風山寺宇》、《茶果嶺》。其中一幅畫稿《尖沙嘴火車站》，正正解釋了他如何繪製這些水彩畫。畫家首先用鉛筆勾畫輪廓，再在每個區域標示中文字，以示填上的顏色，「這個做法，意味着這是特意為大量繪製而出現的風格。」

畫家的選材，每每反映風景名勝與創作風格間的關係密切，他筆下的海濱浴場設施和城市風景，是其畫作中數量最多的主題，這類題材相對較為適合用西方的藝術語言表現。他的國畫冊頁，繪畫城市風景、街景、現代建築，如《香港軒尼詩道》、

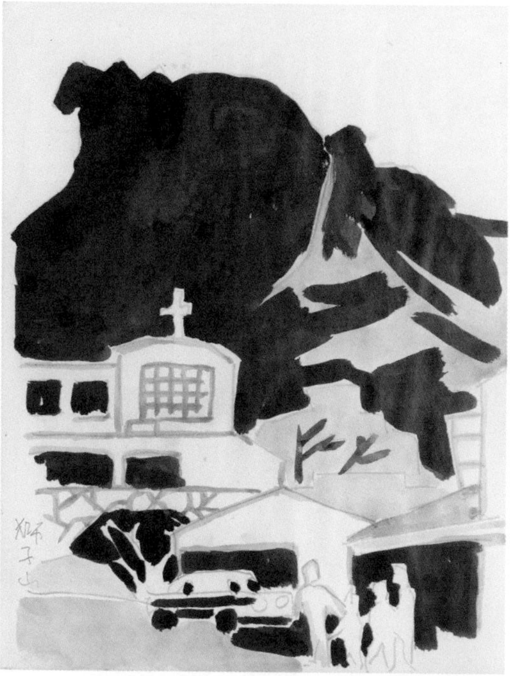

《獅子山》（葉因泉繪）——

《香港軒尼詩道》（葉因泉繪）——

《東方明珠圖》（葉因泉繪）

《香港德輔道銀行區》，但他大部分國畫作品，都展示了文人眼中珍視的名勝古跡，如《荃灣東普陀寺》、《香港青山古寺》等。

展覽中最矚目的作品，就是葉因泉一幅名為《東方明珠圖》的六連屏掛軸畫作，它完整地呈現中環至西環段的港島景色，觀眾可透過辨認畫中的建築物，從中了解更多香港的歷史發展。

陳冠男博士指出，葉因泉很有可能是參照當時的明信片、旅遊書或舊照片，來描繪自己心目中的香港。雖然這幅作品像一張照片，但它並非完全寫實，畫中着意描畫出登山纜車、盧吉道，也許，這兩個地標對香港來說，極具象徵意義。此外，前立法局（即現時的終審法院）、滙豐銀行、香港大學等中半山的建築物都在畫中展現出來。

作品看似真實地呈現不同地標的位置，但實則又不斷調節，將中環至上環一帶的景觀，連綴成一氣呵成的鬧市全景圖。然而，畫面突出的並非今日的金融中心中環，反而是上環及西營盤。

據姚館長解釋，畫家將中環邊緣化，是因為作品繪於一九五三年，代表經濟命脈的南北行貿易，主要集中在西營盤一帶。

他接着說：「這幅畫的構圖，在西畫中其實非常普遍，但葉因泉卻加入了中國元素，結合了中西畫法，寫出太平山的全景，從而真確地反映時代面貌，追求藝術表現的真實。」值得關注的是，縱使從平凡的視角刻畫港島，但畫家卻能展現這個城市中西交匯的元素，從銀行到碼頭，從高樓大廈到大學校舍，畫面滿佈密密麻麻的樓房，將市面境況逼近眼前，讓觀賞者可以直接感受到這個城市的生機勃勃，他筆下重現的風景，不單是旅遊的觀光點，也是貨運物流的集散地，既是平民百姓生活的空間，亦是一般人腳踏實地討生活的地方。

探索香港的風景

戰後黃般若、呂壽琨、彭襲明等藝術家，為了逃避政局動盪，從中國內地遷徙香港。他們是旅遊愛好者，移居香港後，也繼續探索香港風光，希望尋找一些與中國文化相關的地方，將個人的遊歷，以及對香港的解讀，逐一轉化為圖像。

《海心廟》（張虹繪）

宋王臺正是首個被英國政府發展起來，位於九龍的旅遊景點之一。五十年代，政府為了要修建啟德機場跑道，將宋王臺夷為平地，巨石亦被切割成石碑，另建宋王臺公園重置。宋王臺深受人們緬懷，源於它特殊的歷史意義。

這次展覽，亦就宋王臺這個內蘊文化意義的勝景，展出了幾幅作品。吳梅鶴（？—一九四三）與友人同遊宋王臺後，描畫出《宋王臺圖》（一九二八），「將古代的遺址畫成景深開闊的鄉間景致，筆下一草一木，全是傳統筆墨的演繹，他將遊歷所見，轉化為紙上尋幽探秘的想像之旅。」對於精通舊學的南來文人而言，宋王臺不單標示了香港與中原正統王朝的關係，亦確認了政權的更替，但文化傳統卻不一定隨之斷裂。宋王臺的畫作，大抵寄託了文人逃避亂世，致力於傳承的心志。

張虹（一八九一—一九六八）的《海心廟》（一九五二），則以海心島為題材，以「樸拙而又多變的筆法，展現奇石茂

《宋王臺》（黃般若繪）

林的勃發生機，他以俯瞰的角度取景，突顯沙渚的寬廣和魚尾石的峻拔，又將浩瀚汪洋與遙遙群山納入畫面，烘托出渺茫曠遠之致。」

至一九五七年，黃般若創作《宋王臺》，當時的宋王臺已被移平，畫家憑着記憶，追思其舊貌，佔據畫面的是孤零零巨石，獨對茫茫大海，「畫家精通傳統筆墨，卻着意發掘新的語言，以層層染漬，營造山石嶙峋的質感，抒發世事滄桑之嘆！」所謂世殊時異，黃般若筆下的宋王臺不再是遺老酬唱雅聚的景點，卻更像追憶故國故人的紀念碑，也成了追溯中國文化根源之地。

每個人的背景相異，也來自不同的時代，然而，觀賞者面對不同的畫作，大抵亦可發思古之幽情。

展覽中不乏精彩之作，令人目不暇給，如黃般若的《香港寫生冊》，此十二開的冊頁，創作於一九五八年，分別描繪

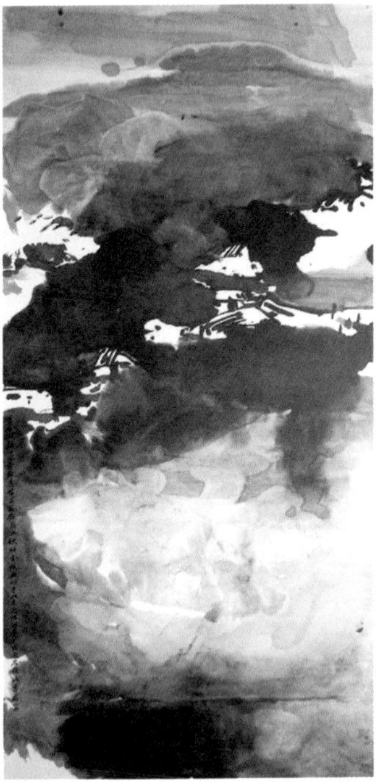
《鹿頸村》（呂壽琨繪）

昂平、蒲台、佛堂門、八仙嶺、流浮山等地，例如描寫大嶼山上鳳凰山腰的昂坪高原的《昂平》，正是當年「庸社」朋友喜愛的郊遊景點，「畫作的繪畫角度是由昂坪望向鳳凰山，簡筆寫成的小屋和尖塔，代表了寶蓮寺等建築，鳳凰山以花青點染，以長雨點皴，白雲籠罩山頂，天空以淡花青渲染。」

至於彭襲明（一九〇八—二〇〇二），則採用不一樣的方式處理大嶼山，其靈感源於董源《夏山圖》，他的《大嶼山景圖》，「主要以披麻皴，將大嶼山寫成草木華滋、煙嵐浮動的江南景色。」從美學上回應大嶼山美景，「重疊的山巒，用簡練的形式表示，復以墨色的變化，以及具有韻律的提按豐富畫面，寫出寧靜偏遠的自然山色。」

同樣是旅遊愛好者，呂壽琨有別於上述兩位，他試圖擺脫古人的風格，為山水畫注入主觀性。他的《荃灣紀遊》、《昂船洲寫生》及《鹿頸村》都是參照實景繪畫而成的，前兩件作品為教學示範所繪。對他而言，寫生是重要的過程，他認為通過寫生，可以將眼前的景色，轉化成主觀的表達，「鹿頸村是一九六〇年代的著名景點，呂壽琨以半抽象的方式，呈現景象，用實線表示地面、山坡、岩石，潑墨濃淡掩映，佔據了大部分畫面，呈現昏暗沉鬱的氣氛。畫家通過敏銳的觀察力，將現代的風格融匯到一己的創作之中。」姚館長細細道來，讓我們走進藝術家的天地！

值得一提的，還有黃般若的《八仙嶺》，其構圖頗為特別，他「放棄了典型的橫向構圖，改用直行構圖，捕捉了八仙嶺上八峰起落的特徵，再加以轉化，將綿延的山嶺堆疊成高聳壯觀的峰巒。」如此解讀，也許是受了蘇軾形容廬山變化多姿的詩句所影響，我一邊看畫，腦海不由浮起了蘇軾〈題西林壁〉：「橫看成嶺側成峰，遠近高低各不同。」

《八仙嶺》（黃般若繪）

一路走來，觀畫之餘，

我已留意到，畫作的旁邊，除了展品的説明之外，還輔以一段文字描述，引述不同作者的詩文，參觀者既可賞畫，亦可細閱文字，自行體會箇中意趣。例如在《八仙嶺》之旁，選錄了梁錫華《八仙之戀》的片段：「山色——山的七情！……在嶺頭、在山脊、在峽谷、在溪澗。」

策展人如此安排，讓觀賞者可以遊走於藝術與文學之間，實在饒有意義，亦予人以新鮮感。姚館長坦言，這正是他提出的意念，同時亦有賴負責策展的同事，全力以赴，逐一為畫作之題材蒐集資料，讓此項建議得以付諸實踐。

傳承藝術説故事

走進展館最高的一層，也是展覽的第四部分，此處展出的彩色照片，約有四十張之多。姚館長指出，此為文物館最新的藏品，背後亦有一段故事。

話説巴威克（Thomas Barwick）和巴雷特（Milton Peter Barrett）兩位先生，分別於一九五四年及一九五八年，在當兵的時候，曾來過香港，雖然只停留幾天，而且遊覽的地方有限，但他們都拍下了彩色幻燈片。姚館長認識他們，始於西雅圖，當時他任職西雅圖博物館，擔任中國藝術部主任。在二〇〇八年，他曾帶團從西雅圖來香港和中國內地參觀旅遊，巴雷特是其中一位團友。闊別香港五十年之後，巴雷特重遊舊地，令他感慨萬分，雖然人面全非，而香港的景色亦已不盡相同，但據説他曾在半島酒店一所店鋪，訂製過一套西裝，此番重來，店中竟然還保留他的紀錄，實在令人感到驚喜。

籌辦這個展覽時，姚館長便親自出馬，請他們將這一批彩色幻燈片，全數捐贈給中大文物館。

他們鏡頭之下的影像，一如展覽中的畫作，令人大開眼界。其中巴雷特的《港島一瞥》，構圖貼近《東方明珠圖》，於是文物館的設計師靈機一觸，將二者拼合重疊成展覽的海報。捕捉風景之餘，部分照片亦拍攝了當時香港的日常生活，如《太子大廈外賣力工作的苦力》，非常「貼地」。

至此，展覽尚未完結，原來還有一批全新入藏的作品，在幾個星期前才正式展出。

事緣葉因泉的長子葉永蔚先生應文物館之邀請接受訪問，其女兒無意中透露，父親也是一位畫家。葉永蔚生於一九三二年，他在六十年代曾創作了一批水彩畫。在姚館長極力游説下，葉永蔚及家人同意將畫作捐出。策展團隊隨即跟進，將這批作品，於展廳中展示出來。

《大澳》（葉永蔚繪）

他的水彩畫，驟眼看來，跟其父的風格相近，題材亦扣緊城市風貌，筆下大多呈現尋常巷陌，刻畫世態人情、街上風景，如《彌敦道》、《旺角》、《油麻地》、《西貢街》、《土瓜灣》等；另有郊野寫生之作，如《大澳》、《南生圍》、《鯉魚門》。而最特別的一幅，描畫德輔道的街景，與其父《香港德輔道銀行區》的素材相近，亦表現了城市的蛻變。

父子兩代的作品，同場展出，固然是佳話，更重要的是彰顯了藝術的傳承。

葉因泉的夫人潘峭風，畢業於日本東京大學藝術系，曾任教於中學，是著名的設計師、畫家。他們的女兒二華和女婿張焜如，均畢業於新亞藝術系，早年赴美，在加州畫壇頗為活躍。葉氏一家，同與藝術結下不解之緣，許是緣起不滅。

述說我城歷史

步出文物館的大門，走在百萬大道上，想起多年前的往事。我雖主修中文，卻經常流連於藝術系，修讀藝術概論、中美史、西美史……還旁聽丁衍庸老師的課。

中大文物館成立於一九七一年之秋，文物館的展覽，我總不會錯過。長溝流月去無聲，一晃眼，幾十年又過去了。我仍不時的走進去，欣賞不同主題的展覽。

這天回到中大看「香港印象」展覽，活像回到那些年，好好地上了一課。

藝術家看香港的視角千變萬化，畫筆下的景色充滿想像；他們透過藝術，述說我城歷史，讓今時今日的觀眾，想像香港的過去，感受箇中的魅力，這正是這個展覽獨特之處。

本文圖片，由香港中文大學文物館提供，謹此致謝。

人間有味是清歡

我看《東西》

——談也斯二三事

大家在島嶼寫作

二〇一一年,《他們在島嶼寫作——文學大師系列電影》在香港上映,這系列的電影以紀錄片的方式,介紹了六位台灣文學家的創作歷程,包括林海音、周夢蝶、余光中、鄭愁予、楊牧和王文興。

那時,也斯寫了一篇文章〈大家在島嶼寫作〉,他說:「香港也不是沒有值得拍的人物,也不是沒有有拍攝能力的人才與資源,為甚麼這麼多年下來,沒有拍出《他們在島嶼寫作》這樣的電影?」

然後,聽說黃勁輝得悉也斯身罹肺癌後,自二〇〇九年開始,便為也斯展開拍攝工作。他自資買了攝影機,帶着有限的資金,一直追隨着也斯最後幾年的腳步。

後來,電影得到台灣方面的支持。

二〇一五年十二月中,也斯的紀錄片終於面世,名字就叫做《東西》,與他一部詩集同名。

也斯

《東西》是《他們在島嶼寫作》系列二中的一部電影。這系列的電影，有台灣作家瘂弦、洛夫、林文月、白先勇；還有香港作家劉以鬯、西西、也斯。

泥上偶然留指爪

因為這齣電影，有關也斯的點點滴滴，在心頭湧現。

閱讀也斯的作品，始於七十年代。

一直以來，我只是個讀者而已。

多年後，因工作關係，與也斯的聯繫多了。

二〇〇四年二月，我們邀請也斯在香港中央圖書館的演講廳，談「新詩的欣賞與創作」。演講開始前，還碰到他在圖書館附設的咖啡店喝咖啡。

仍記得，在演講中，他從一首小朋友寫的詩說起，然後是卞之琳的〈斷章〉、瘂弦的〈坤伶〉、辛笛的〈生涯〉、馮至的〈梵谷〉、辛波絲卡（Wislawa Szymborska）的〈一見鍾情〉（Love at First Sight），以及他自己的作品——〈給苦瓜的頌詩〉、〈故宮〉、〈灣仔〉……還有幾首古典詩。不同的詩歌，配上不同的畫作、攝影作品，帶給我們莫大的視覺享受。

也斯強調，新詩其實也是從舊詩發展而來的，那是很好的切入點。他指出過去將新詩神話化，好像不吃人間煙火似的，其實詩是一種溝通，寫詩是很自然的一回事，就像吃蛋糕……。他的闡釋，讓部分害怕新詩的老師，化解了心中的疑惑，不再抗拒新詩。

然後是二〇一〇年十二月的「名家創作經驗談」。

也斯在二〇〇九年患上肺癌，與病魔搏鬥期間，他依然答應我們的邀請，分享他的創作經驗，講題是「詩與生活」。

那天，同事到銅鑼灣去接也斯，他的兒子梁以文剛好在香港，於是陪同父親一起前來。

台上的也斯，帶着病容，仍然熱切地侃侃而談，以多首作品如〈鴛鴦〉、〈更衣記〉、〈舊市空間〉、〈寒夜・電車廠〉、〈轉進峽谷〉、〈在路軌上〉為例，談詩與衣食住行；又以〈老殖民地建築〉、〈蓮葉〉、〈孔子在杜塞爾多夫〉、〈木基督像〉等詩為例，探討詩與文化、歷史、倫理、宗哲的關係。

他眼中美好的詩，都是與生活息息相關的。

演講完畢，他也累了，我們送他回去。

正值周末，交通擠塞，在公主道行車緩慢。坐在車子內，大家談起了黃國兆導演的《酒徒》，還討論文學作品改編成電影的困難。

那是最後一次合作。

接着的幾年，在不同的場合，或聽講座，或看電影，偶爾會遇見也斯。印象深刻的一次，是在香港公園。他陪同幾位朋友，剛從樂茶軒喝完茶出來。我也約了朋友，預備喝茶去。那天的也斯，精神還不錯。我們站在公園入口附近的小路上，聊了幾句，便揮手告別。

二〇一三年一月，也斯與世長辭。

鴻飛那復計東西

二〇一六年一月，我看了電影《東西》。

也斯的創作很多樣化，有詩歌、散文、小說、評論，還有攝影。他遊走於各個界別，涉獵不同的文化，他的朋友亦遍及世界各地，跨越東西。電影名為《東西》，實在貼切不過。

電影中的也斯，足跡踏遍瑞士蘇黎世、捷克布拉格、美國三藩市、台灣、澳門等多個地方，當然少不了香港。

鏡頭下的受訪者，超過四十個，他們來自不同領域、不同的國家，包括學者、文學家、藝術家、服裝設計師和美食家，以及也斯的家人。

也斯曾說過：「若你想認識我，就去認識我的朋友，在我朋友身上都可以看到我的影子。」將他的朋友拼合起來，也許就是「也斯」了。

除了開首的「序幕」，電影分成五章，分別是：

I. 游——也斯的皮鞋
II. 食事——也斯的大衣
III. 越界——也斯的眼鏡
IV. 對話——也斯最後的寫詩工具
V. 人間滋味——也斯的手錶

電影以也斯在瑞士蘇黎世坐車登山，掀起了「序幕」。接着是一群來自世界各地的受訪者——鍾玲、葉輝、梁文道、顧彬、四方田犬彥……，每人一段獨有的話語，就像一塊塊的拼圖，拼湊出也斯的世界。

從首章的「游」開始，至末章的「人間滋味」，導演嘗試從不同的角度切入，透過電影影像，將作家真實的生命展現出來，領着觀眾，走進也斯的創作世界。

導演黃勁輝曾說過，「也斯的文字，可以跟不同的藝術家交流和越界」。文字的確可以轉化成攝影作品、歌聲、舞蹈、時裝、食物，甚至旅行——可以看、可以聽、可以舞、可以穿、可以食、可以游……

第一章。一九七八年，台灣環島旅行。那段文學之旅，帶出了也斯的「游」……

第二章。〈蘇黎世的栗子〉、〈溫哥華的私房菜〉，還有蕭欣浩親自下廚弄的「馬賽的魚湯」，帶出了也斯的「食事」……

第三章。梅卓燕那段改編自〈戀葉〉的舞蹈，帶出了也斯的「越界」。小梅穿梭戶內戶外，從舞台走到河上、街上、天橋上，將也斯這首詩的風格和美感，具體地呈現出來。她的演繹，絕對教人難以忘懷，這是電影中個人最喜歡的片段。

第四章。策展人何慶基，道出了也斯的「對話」。原來「游——也斯的旅程」

這個展覽，早在也斯患病時，他們已經商量過如何籌辦。也斯離世後，二〇一四年的一月，「回看，也斯」展開了一系列的活動。何慶基說，藉着「游」這個展覽，「以多元角度展現了也斯的成就，也見證了香港文學的地位。」

第五章。也斯的兒子梁以文，道出了也斯的「人間滋味」。他談及祖父在父親三歲時離世，父親寄人籬下，還有祖母最愛下廚，平淡的語調，娓娓道來，有一份說不出的傷感。

電影最後的一個鏡頭，也斯坐在樹旁的石上，展露出燦爛的笑容，四周瀰漫着一片綠……

燈光亮了。電影完結了。

離開放映間，不曉得何故，這個鏡頭，總是在我的腦海迴盪。

本文頁189圖片，由鄭政恒先生提供，謹此致謝。

看得見的「繪本」，
看不見的「緣」

一九八九年的夏天，我辭了教職，跑到巴黎尋夢去。離開香港前，小思老師送我一張名片，着我到巴黎去找綠騎士等朋友。

小思老師曾於一九七三年，暫別教學生涯，到京都去，在京都大學當研究員，平靜地讀了一年書，然後回到香港，繼續教育的工作。綠騎士亦於一九七三年跑到巴黎去，在法國國立高等美術學院習畫，她婚後定居巴黎，繼續創作，同時亦為法國一些兒童刊物畫插圖，還有繪畫。

未認識綠騎士前，我已是她的讀者，那時候，很喜歡她的《棉衣》。持着名片，我找到了綠騎士。在巴黎，我們經常見面，喝咖啡、看畫展，還結成好友。我還不時隨着他們一家四口，到處去遊玩，在不同的角落，留下足跡與回憶。

印象最深刻的，是Auvers-sur-Oise——巴黎西北邊梵高臨終前居住過的小鎮。梵高傳世的名畫《奧維爾教堂》（The Church at Auvers），早已在奧西博物館欣賞過，可是這所古老的天主教堂，在眼前出現，還真是第一次。走進教堂後，綠騎士告訴我，她和Jacques舉行婚禮的地方，就在這裏，人生多奇妙！

那一年，我在巴黎留下來，念法文之餘，還可肆意地享用巴黎這頓流動的盛宴，在藝術的世界裏翱翔——除了欣賞豐厚的藝術品，還有觀之不盡的電影……

回到香港後，重新踏進原有生活的軌跡。教學之餘，開始執筆，寫下巴黎的見聞感受，還有當前的生活點滴。我在一九九一年出版第一本散文集，為我寫序的，正是綠騎士。

想不到，因為尋夢，與綠騎士結緣在巴黎。

歲月不經意地溜走，我仍在追逐我的夢……

二〇一二年五月，香港藝術館舉辦「有情世界——豐子愷的藝術」展覽，展出了「人間情味」及「護生護心」兩個專題。記得中學時，看《中國學生周報》，「子愷」漫畫，配上「明川」文字，滋潤了不少讀者的心靈，也教我迷上豐先生的作品。豈料，多年後，我竟有機會走進豐子愷的畫中世界，欣賞他的真跡。

真巧！同年的九月，「豐子愷兒童圖畫書獎」主辦的第三屆華文圖畫書論壇，在浙江上虞舉行。這個論壇第一天的活動，就是參觀春暉中學和白馬湖，這正是吸引我參加的原因。

一九二一年，經亨頤先生為了推行「人格至上，與時俱進」的辦學理念，回到家鄉白馬湖，創辦了春暉中學。這所中國教育史上有名的實驗學校，吸引了大批文人學者——夏丏尊、朱自清、豐子愷、朱光潛等，放棄教授、編輯的高位，來到山村任教。他們深信「教育要從小開始」，在白馬湖畔，過着淡泊自甘的生活。

我對白馬湖的印象，來自夏丏尊的〈白馬湖之冬〉：

春暉中學的新建築巍然矗立於湖的那一面，湖的這一面的山腳下是小小的幾間新平屋……那裏環湖原都是山，而北首卻有一個半里闊的空隙，好似故意張了袋口歡迎風來的樣子。

春暉中學校

白馬湖

平屋

小楊柳屋

古老的鋼琴

真的來到了白馬湖，卻全無風的感覺。

從春暉中學的後門走出來，過了小橋，便是白馬湖，我感到的卻是一片寧靜！

在白馬湖畔的小徑漫步，想起這群追逐夢想的人，他們的故居依舊，雖然歲月的痕跡，已無處不在。

在「平屋」，想起了夏丏尊用了兩年時間，翻譯了亞米契斯的《愛的教育》，還配上豐子愷的封面設計與插畫。這本名著，相信很多人都看過。

在豐子愷的「小楊柳屋」，我偷偷地、輕輕地摸了一下古老的鋼琴，那是豐子愷

晚晴山房

教學生音樂的鋼琴，彷彿聽到了琴音響起，餘音蕩漾……

晚晴山房建在山坡上，步上石階，面前的三間瓦屋，就是弘一法師晚年住過的地方。在這裏，想起了香港的「護生護心」展覽，百幅展品就來自《護生畫集》。護生畫緣起於一九二七年，為了弘揚佛法、宣導仁愛，師徒合作，豐子愷作畫，弘一配詩，可謂絕配。

教育，就是以生命影響生命。弘一法師影響了豐子愷，豐先生影響了小思，而小思老師，又影響了我們這一代……

徉徜於白馬湖畔，燃點了我的靈感，一段發生在巴黎的小插曲，突然在腦海浮現……

二〇一一年的夏天，我到巴黎訪友，大夥兒相約坐「熱氣球」去，豈料「熱氣球」竟停止升空。未能一嘗御風而行的滋味，在半空俯瞰巴黎的美景，總感到有點遺憾。

就在這裏，那一點點的遺憾，變成了一股動力，我開始孕育了這樣的一個故事——來自香港的健健，移居巴黎後，一直都很想坐「熱氣球」，可惜未能如願。他獨自跑到小公園去，遇上女孩米米，還展開了一段如幻似真的「泡泡」旅程。

去年，我終於完成了這個故事，綠騎士竟然願意為我的故事畫插圖。

直到今天，我還沒機會在巴黎坐過「熱氣球」。綠騎士，她藉着如詩的插圖，帶着我們，在巴黎的天空飄了一圈，飄過塞納河、巴黎聖母院、凱旋門、埃菲爾鐵塔，還遇上了自由女神和石頭貓……

緣起不滅，我和綠騎士合作的繪本《奇幻泡泡與石頭貓》於二〇一四年底面世，我圓了我的一個夢。

繪本，正是獻給追逐夢想的人！

我是老師，也是學生

這個晚上，為了看《白蛇》，我來到了香港文化中心，邀請我來的，是以前的學生。

她熱愛戲劇，念完中學後，便跑到「演藝學院」念戲劇，畢業後一直都在演藝界發展。近年進了香港舞蹈團工作，正是這齣新編舞劇的監製。

《白蛇傳》，這個可歌可泣的愛情故事，我們這一代，誰沒聽過？「她想成為人。因為，人慈悲，心中有愛。」看到這句話，令我千迴百轉。白蛇想成為人，經歷世間的感情，了解活着的意義。舞蹈團將這個經典的民間傳說，演繹得非常動人！

眼看從前的學生，今時今日，已獨當一面，而且幹得蠻出色，我當然老懷安慰。我是她的老師，曾幾何時，我也是學生。

幾個月前，我們十多個同學，與中五時的中文老師相約一聚。眼前的禤麗華老師，粉紅色的針織上衣，黑色的長褲，繫上米白色印有紫色蘭花的絲巾，清爽的短髮，淡雅的妝扮，整個人顯得容光煥發。

驀然回首，念中五的時候，每周要交作文一篇。作文先由同學互評，再由老師細閱。禤老師往往會挑選幾篇佳作，張貼在走廊的壁報板上。對學生來說，這是很有效的鼓勵，大家都用心去寫，努力爭取「上榜」的機會。

我的寫作基礎，大抵就是這樣煉成的。

坐在老師旁邊，同學你一言，我一語，有的在回顧當年的校園逸事，有的在細說今日的生活近況……幾十年的光景，彷彿就在笑語聲中溜走了。

歲月在我們的臉上都留下痕跡，老師得天獨厚，風采依然。

茶聚後，我們隨着老師，走到她在花墟附近的家。

踏入她的家，偌大的客廳，矚目的是臺靜農先生的書法！

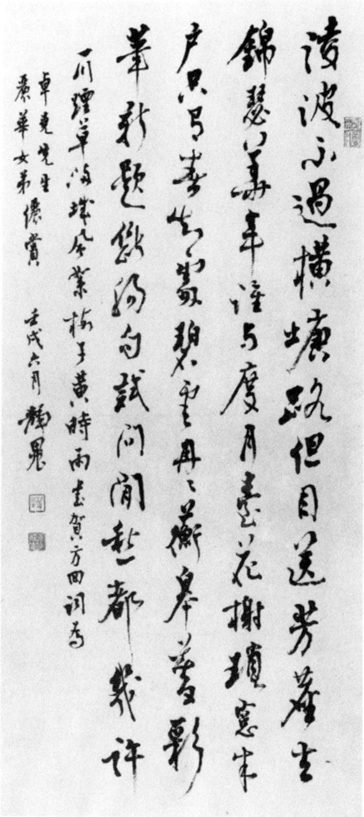

臺靜農的書法

臺靜農的墨梅

大家早就知道，禤老師是臺靜農先生的弟子。

除客廳之外，書房、睡房、工作間，甚至走廊，她家中每個角落，掛在牆壁上的，幾乎全是臺老師的墨寶。

奇逸的草書，端凝而流動的隸書……，臺先生的字畫彷彿無處不在！

難得一見的是他的水墨畫，所謂「畫梅須具梅骨氣，人與梅花一樣清」，眼前的一幅墨梅，筆意簡逸，繪出了梅花的清高秀拔。據說，臺先生多寫書法，畫作不多，禤老師家中，卻有好幾幅珍藏。

不是沒有看過臺先生的書法、畫作，然而，他的真跡，倒是第一次看到。他的書法人人讚好，董橋先生曾說他的字「高雅周到」。趁此良機，我當然逐一細看。

過了一會兒，禤老師催促我們坐下喝茶。大夥兒恍如一群小朋友，乖乖地圍坐在餐桌前。就在這時，她拈出一疊早已預備的「資料」，逐一分發給我們。

你道是甚麼？原來是兩張影印本，其一是臺先生的書法，另外一張，竟然就是魯迅寫給臺先生的信。我當然知道魯迅就是臺先生的老師……但想不到，在禤老師手上，接過的是一封珍貴的私人函件！

我們是臺先生的「徒孫」，豈不成了魯迅先生的「曾徒孫」？

禤老師為甚麼當起教師來？且聽她娓娓道來……

念中學時，她從來沒想過當教師，甚至有點抗拒，因為家中多位親人都從事教育工作，有教師、有校長，也有教育署高級官員。

直至她往台灣升讀大學！

就在大三那年，忘了是甚麼緣由，她要拿東西給臺老師。當時他住在台大校舍後面的教員宿舍，宿舍十分簡陋，屋外有一道籬笆，掛上繫線銅鈴，她搖鈴後，臺老師拖着肥胖的身軀，顫巍巍地走出來開門，把她引進玄關，還彎下身來，取出拖鞋，供她穿上，請她坐在客廳的沙發上。

然後，臺老師忽地不見了，他回來的時候，捧出一杯橘子水，而且雙手奉上……

就在這一刹那，她決定將來要當教師。

以生命影響生命，臺老師感動了他的弟子。

我很幸運，承教於禤老師，也受到她的感染。

世路漫長，迂迴曲折，從學生到教師，一路走來，實在不容易。

人生，本來就是一場艱難的修行。

「愛與情何嘗不是一種修行，生命亦如是，我們應不枉此行。」《白蛇》的編導，說得真好。

我想起了老師，也想起了我的學生，紅塵路上，沒早一步，也沒遲一步，遇上了她們，於我來說，何嘗不是一種歷練！

本文圖片，由禤麗華老師提供，謹此致謝。

疫症中的一天

瘟疫持續蔓延……孰令致之？問蒼天，無語；問人地，亦無言。

老子的名言：「天地不仁，以萬物為芻狗」，突然在腦中閃現……《道德經》這句話，未嘗不貼近當前的困境。

我等一介平民，只能逆境自強、自求多福……為疫症所逼，大部分時間只能留在家中看書、寫作、散步、看電影，還有網上學習……

家居附近，面向城門河有一小公園，我戲稱之曰「百草園」。

這天，獨自一人往公園散步。

已是三月天。迎面而來的，是一株黃花風鈴木，朵朵小鈴鐺，掛在枝頭上……在這條曲折的小徑上，不乏繁花茂木。紅的火紅，朱槿、朱櫻花、龍舟花；白的雪白，盛開的山躑躅、憔悴的山茶花……園中之花，可愛者甚蕃，可是，我獨愛風鈴木，每次走過，都忍不住佇立凝望，風過處，盞盞黃花飄下……不禁想起故友，他走了，快十年了吧！

邊走邊看，河邊的刺桐樹點點紅花冒出。那邊廂，火焰木也不甘後人，碗口大的紅花，飛上枝頭，鮮豔奪目，有幾朵已辭枝自落，躺在低處的花葉青木上。不遠處的木棉樹，本是先開花，後長葉，如今卻是紅花綠葉爭相攀枝，真是亂了套，看得人眼花繚亂口難言。

園中的老樹，以樟樹最粗壯，連颱風山竹吹襲，也不為所動，還有榕樹、香楓樹、白千層、鐵刀木、印度橡樹……捱得住風吹雨打，依舊昂首挺立。相對於花，我更愛的，就是樹。

想起了英國攝影師 Michael Kenna 所言：「每棵樹都有它的個性……」他對樹木情有獨鍾，擅長以簡潔的黑白照片，呈現不同樹木的美態。兩年前，他的

黃花風鈴木

木棉樹

"Philosopher's tree"系列曾在香港展出，在喧囂的世界中，帶來一份難得的靜謐。

驀地，想起了這天是三月十一日。

對許多日本人而言，「三一一」大地震是不可磨滅的傷痕。於我而言，倒聯想到福島核電廠的輻射……還想到一九八六年的切爾諾貝爾核事故。最近一口氣追看了五集的電視片 *Chernobyl*，劇集將真實故事以戲劇化的方式呈現，這場人為的災難，真教人觸目驚心；謊話連篇、濫用權力造成的禍害，亦令人不寒而慄。看完最後一集的那個晚上，我老是做惡夢。

沿着河畔漫步，到處都是人，散步的、跑步的、騎單車的……絡繹不絕。走到「雙橋」附近，便沿路折返。回到家裏，差不多十時半，開始透過網上學習，旁聽「中國戲曲欣賞」課程，阮兆輝繼《帝女花》、《鳳閣恩仇未了情》後，在這一節的「粵劇戲寶賞析」中，他介紹了四齣名劇，包括《白蛇傳》、《白兔會》、《販馬記》和《洛神》。輝哥將梨園掌故，娓娓道來，妙趣橫生，播出珍貴的錄音、錄像，不單讓我長了知識，還聽出耳油、大開眼界。

已有一個星期未出城，吃過午飯後，便乘車到中環去，走到金禾大廈的大業藝術書店。

Blue Lotus Gallery —

長長的樓梯 —

除了看書，我跟店主攀談起來，從林風眠、吳冠中的畫作，談到丁衍庸老師的印章、林悦恒老師的書法，談文論藝，隨意所之……還欣賞了他的攝影作品、收藏的印石。

接着，我走到上環去，街頭巷尾，滿是古老的、新建的、低矮的、高聳的……不同類型的建築，此起彼伏。路上的風景，真的看之不盡！

爬上長長的樓梯，磅巷在望，我喘不過氣來，Blue Lotus Gallery 已出現眼前。

十多年前，Sarah Greene 創辦了這間畫廊，主要展出本地藝術作品。記得二〇一九年三月，她策劃了何藩的攝影展「念香港人的舊」，展示鏡頭下老香港的黑白照片，向已故的攝影大師致敬，照片勾勒出昔日香港真實的面貌，還有何藩那份對香港的情懷……

步入藝廊內，壁上已掛上幾幅 Nick Brandt 的作品——天橋下的大象、採石場中的獅子……原來是攝影展「塵土繼

丁丁與他的小狗米路

承」（Inherit the Dust）舉行在即。

攝影師在東非拍攝的一系列作品中，記錄了人類對動物曾經漫遊——然而，已不能再漫遊之地的影響。隨着生態環境的破壞日益嚴重，稀有動物瀕臨滅絕，自然世界棲息地不斷銳減，究其主因，不就是污染和城市侵佔？此外，野生動物的交易，不僅殘害動物，亦令人類付出慘痛的代價。

「如果我們不改變方向，我們的後代將繼承塵埃。」此時此際，攝影展呈現出來的社會問題，實在值得大家反思。

沒有其他訪客，在藝廊內蹓躂，好愜意。

翻閱攝影書籍之餘，我跟職員聊起畫廊的命名，靈感是否來自《丁丁歷險記》系列的《藍蓮花》。她笑着說：「對！我們正是『丁丁』的粉絲……」

告別「藍蓮花畫廊」，走到普慶坊，穿過卜公花園，步過文武廟，在附近逛了一會兒，我便踏上歸程。

是日天色昏暗，到處都是灰濛濛的，幸好沒下雨，返回喧囂的市區，已是傍晚時分。

又過了一天。

有人說：「今天就是明天的歷史。」

每一天，人人都以不同的方式，正在譜寫屬於自己的歷史。

自家蒸製蘿蔔糕

抗疫期間，被迫「宅」在家中！

這幾年，我主要家居工作，躲在書房讀書、寫作，早已習慣，完全沒問題。不過，對於我這種懶人來說，「吃」，倒是個考驗。

在成長的歲月中，廚房一直是母親的主場，下廚是她的強項。君子遠庖廚，我不敢妄稱自己為君子，但自小便遠離廚房。偶爾走進去，老是給她趕出來，「走、走、走……做功課、讀書去！」

我們總是飯來口張，爸跟弟當然不會動手幫忙，身為長女，我專責洗碗。

媽媽是傳統的家庭主婦，很能幹。除了煮飯，縫紉、編織……甚麼都懂得做，做衣服、打毛衣樣樣皆能，還有應節糕點，例如包粽子、弄年糕、炸煎堆、油角，甚麼蘿蔔糕、芋頭糕、馬蹄糕……全都難不到她！

那些年，放學回家，經常吃到她蒸的雞蛋糕、粉果……熱乎乎的，好懷念！

我卻一無是處，除了讀書，真的甚麼都不懂……

任教中學時，學生搞甚麼「大食會」，我是班主任，唯一的貢獻，就是弄個「芒果布甸」。

朋友給我買了一個異常實用的透明膠盒子，外形就像一朵大花。我用芒果啫喱粉、雞蛋、花奶、芒果或雜果等材料做好布甸漿，倒進膠盒內，放進冰箱冷凍，

第二天捎回學校，將鮮黃色的芒果布甸放進潔白的盤子裏，賣相討好，味道亦佳，居然每次都大受歡迎。

儘管我獨沽一味，但學生總是「口下留情」，他們很懂事，體諒我廚藝不精。

猶記得，每逢過年，除了一般的賀年糕點，母親最愛弄的，就是「番薯角」，那是春節時必備的家鄉食品。近歲晚，她便開始動工，而且大量製作，超過一百個才罷休，然後挨家逐戶的，送給親友中的長輩品嘗，外面的店鋪，才不會做這種冷門食品，因為無利可圖。

她離世前幾年，突然心血來潮，要教我做「番薯角」。

唉！老人家心思細密，可能害怕古老的手藝會失傳。

記憶所及，製作過程相當複雜，先將番薯去皮煲熟，然後加進雞蛋、粘米粉……用手搓成麵團，然後擀成薄片，印出橢圓形麵皮。至於餡料，也很豐富，有豬肉粒、冬菇粒、豌豆仁、蝦米、花生碎……需預先將餡料炒熟備用，待麵皮弄好後，便將餡料放在麵皮中央，然後對摺，用手指沿邊壓出花紋，鎖好邊位，再放入滾熱的油鍋中，不停翻動，炸至金黃色，即大功告成。

番薯角，吃起來，蠻「煙煙韌韌」的，外面的皮是甜的，內裏的餡卻是鹹的，鹹甜混合交融，而且帶有番薯的香氣，感覺好特別！

不過，自此之後，因工作太忙，我再也沒弄過這款家鄉傳統的食品，好慚愧！想當年，沒跟媽媽學到一招半式的烹飪技術，到如今，後悔當然太遲。

最近幾個月，面對無常疫症，如無必要，也不敢出外覓食，午餐通常是胡亂煮點米粉、麵條，加幾條菜、幾片雞胸肉……後來，索性自製三文治，或炒蛋、或火腿片、或火雞片、或吞拿魚……再加點水果，如蘋果、香蕉、牛油果、奇異果之類……喝一杯至愛的咖啡，簡單便捷，更省時！

日日如是，吃了個多月的三文治，直至四月初，那天早上起來，心情鬱悶，也吃膩了麵包。我忽發奇想，竟然想吃蘿蔔糕，還即時行動起來，先上網找食譜。

看起來，「蒸蘿蔔糕」的難度似乎不高。

食材是重要的一環，我找出廚房內已有的配料，如冬菇、蝦米、粟粉……先將蝦米和冬菇分別泡水，然後跑到附近的超市去，買了一個大蘿蔔、一包粘米粉、一把芫荽葱……

回家後，參照食譜，依樣畫葫蘆，開始着手炮製。

第一步，先將蝦米切粗粒、冬菇切幼絲、蘿蔔去皮刨絲；第二步則將蝦米炒香，加冬菇絲再炒香，然後加入蘿蔔絲翻炒三分鐘，再加點糖、鹽、胡椒粉等調味料拌勻備用。工夫雖然瑣細，也難不倒我！

接着，將二百克的粘米粉和三十克的粟粉，加二百五十毫升的水攪成粉漿；然後將粉漿加進已弄妥的蘿蔔絲，拌勻後倒入兩個漂亮的瓷碗內，放進鍋裏，用大火隔水蒸六十分鐘。

坦白說，在製作過程中，我確實有點手忙腳亂，然而，按部就班，總算順利完成最後一步，終於可以坐下來歇息一會兒。

我依足溫馨提示，大約一小時後，掀開鍋蓋，用筷子插進蘿蔔糕中央，筷子沒粉漿黏着，表示糕已熟透，徐徐撒下一把芫荽葱碎……看着躺在鍋中的製成品，「小確幸」隨着蘿蔔的香氣散溢出來。

用小茶匙舀出一點點，放進嘴裏一嘗，唔！雖然口感較軟，可能多加了一點蘿蔔，味道還可以。

所謂「蘿蔔青菜，各有所好」，花了幾個小時，弄了半天，好歹也成功了，至少滿足了口腹之慾。

中午飽餐一頓後，將另一碗蘿蔔糕擱進冰箱。

到傍晚時分，肚子有點餓，我把這碗蘿蔔糕弄熱，一口氣吃清光，連晚餐也解決了，多省事！

看舞台劇，學歷史？

——從《細說王安石》說起

早在中學時，已念過宋史。范仲淹的「慶曆新政」與王安石的「熙寧變法」，是北宋兩大變法圖強運動，二者都以失敗告終，對北宋的衰亡，影響不可謂不大。

王安石是政治家，同時亦是文學家，也是唐宋八大家之一。仍記得，在中文課程中，我曾讀過王安石〈答司馬諫議書〉。司馬諫議就是司馬光，他寫信要求王安石廢棄新法，王安石則以〈答司馬諫議書〉回應，反駁他對新法「侵官、生事、征利、拒諫、致怨」的指責，表明堅持變法的決心。此文筆力精銳，語氣委婉嚴正，文字簡練而富說服力，堪稱政論文典範之作，亦加深了我對「熙寧變法」的認識。

當時的中文老師還就此命題作文，題目好像是「試論『天變不足畏，祖宗不足法，人言不足恤』」。我揮筆直書，也寫了近千字，可惜文稿早已灰飛煙滅……少作無覓處，但這句名言，卻深深地鐫在腦海中。

踏進二〇二〇年，觀塘劇團將王安石的故事搬上舞台。《細說王安石》於一月十日開始，在九龍灣文娛中心劇院演出三場，我看的是壓軸的一場。

本劇的幾位主角，如王安石、吳夫人、宋神宗、呂惠卿和司馬光，演出者都是專業演員，至於其他演員，大多是劇團經公開遴選方式而入選的中、小學生。專業與業餘演員合作無間，演出效果亦相當不錯。在眾多參與的學生中，風采中學的李耀熙同學飾演年輕的蘇軾，以豪放不羈的狂傲才子形象現身舞台，表現令人刮目相看。

編劇將王安石幾首詩作貫穿全劇，藉以反映這位政治家，身處不同時期的經歷和心境，其文學家的身影亦呼之欲出，構思甚為巧妙。

序幕掀開，王安石居於江寧（今江蘇南京），正賦閒在家，多次婉拒朝廷的任命。神宗即位後，有心改革圖強，因久慕王安石之名，於是起用他為江寧知府，不久又任命他為翰林學士兼侍講。熙寧元年（一〇六八），為擺脫國家面臨的政治、經濟危機，以及遼、西夏不斷侵擾的困境，神宗召見王安石，他向年輕的皇帝提出「治國之道」，首先要確定革新方法」，神宗認同其主張，要求他盡心輔佐，以復興邦國。王安石從此得到重

劇中的王安石與吳夫人——

劇中的宋神宗——

劇中的司馬光

劇中的蘇軾

用，於熙寧二年任參知政事，次年更官拜宰相，積極推行變法，由於改革範圍比「慶曆新政」還要大，難免得罪權貴，因而遭到更多貴族、地主的反對，反對派的代表就是名臣司馬光。

「飛來山上千尋塔，聞説雞鳴見日升。不畏浮雲遮望眼，只緣身在最高層。」——〈登飛來峰〉一詩寫於一〇五〇年，當時王安石正值壯年，抱負不凡，對前途充滿信心。編劇於此時拈出這首作品，最能表達王安石推行新法的心情。

新法實行之初，朝廷推行青苗法、免役法、均輸法、農田水利法、方田均税法、市易法、保甲法、保馬法……百姓難得有好日子過，大家都歡天喜地過新年。劇情推

「安石變法，賤民升格」歌舞

展至此，導演安排了一場歌舞「安石變法，賤民升格」，台上懸掛着王安石的〈元日〉：「爆竹聲中一歲除，春風送暖入屠蘇。千門萬戶曈曈日，總把新桃換舊符。」洋溢一片昇平的歡樂氣氛。

年青演員載歌載舞，落力演出，感情投入，歌詞雖然通俗，卻反映了老百姓的心聲：「做賤民做夠未？有官府配給儲備，食飯時為你燒鵝加隻髀。又落田又落地，靠新改革益我哋，自問人在世都想搵轉機……」

然而，隨着變法的推動，不但觸犯了地主豪強的利益，還引發新舊黨爭，朝臣如歐陽修、文彥博等提出反對意見，甚至指出「天災屢見，若安石久居廟堂，必無安寧之理」。對此，王安石道出「天變不足畏，祖宗不足法，人言不足恤」的具體看法。「三不足」之說，幸獲神宗支持，新法得以持續下去。

及後，改革不斷受到各方既得利益者的激烈反對，加上河北旱災，保守的舊黨趁機攻擊新法。縣官鄭俠獻上一卷《流民圖》，農民斷糧逃荒、典賣妻兒的慘況躍現紙上，很多朝臣要求神宗將王安石撤職。熙寧九年（一〇七六），王安石因愛兒王雱病逝，深受打擊，辭官求退，重返故里。他寫的〈泊船瓜洲〉：「京口瓜洲一水間，鍾山只隔數重山。春風又綠江南岸，明月何時照我還？」強調自己對故鄉的思念，末句更流露出渴望早日歸家的心願。此詩乃王安石傳頌一時的名作，詩中「綠」字的使用，成為文學史上講究修辭煉字的範例。

元豐八年（一〇八五），神宗病逝，哲宗繼位，高太皇太后聽政，召回司馬光擔任宰相一職，撤銷所有新法。不久，王安石亦因病辭世，全劇以其〈讀史〉：「自古功名亦苦辛，行藏終欲付何人。當時黮闇猶承誤，末俗紛紜更亂真。糟粕所傳非粹美，丹青難寫是精神。區區豈盡高賢意，獨守千秋紙上塵。」一詩作結。這首七律寫得深沉抑鬱，頗堪細味，字裏行間，愁緒憂憤表露無遺。

《細說王安石》一劇的內容，主要集中講述王安石推行「熙寧變法」的前因後果，取材自正史、野史，劇本既有真實，亦有虛構的部分，藝術加工在所難免。例如呂惠卿這個人物，被視為「新黨」，亦列入《宋史・奸臣傳》，但王安石曾稱道其人：「惠卿之賢，豈特今人，雖前世儒者，未易比也。學先王之道而能用者，獨惠卿而已。」編劇一反傳統，將他塑造成支持變法的改革者，相對來說，形象比較正面。

劇中另有一虛構的人物，是貧家女張雪。港大同學會書院的劉衍沂同學自動請纓，演活了這位奇女子。最初，王安石的妻子吳夫人帶張雪回家，原想為王安石娶妾。豈料，王安石不單拒納小妾，還憐憫其遭遇，恢復她的自由之身。她離開王家後，逼不得已，落草為寇。張雪再出場時，正值王安石被農民追打之際，幸賴她仗義相救，王安石才得以脱離險境。劇情雖屬子虛烏有，然「搞笑」之餘，卻反映了王安石的無奈和悲哀，他由萬民景仰的名相，竟淪為百姓恨之入骨的「狗官」。譽之所至，謗亦隨之。古今皆然！

劇中的張雪

「熙寧變法」之目的在於富國強兵，藉以扭轉北宋積貧積弱的局面。

新法的失敗，原因甚多。至於王安石這個人，究竟是剛愎自用、急於求成的官僚，還是以身許國、大膽求變的改革家？歷史上褒貶不一。若要深入了解其人其事，必須閱讀大量的史籍。事實上，無論是學習文化歷史，還是語言文學，閱讀，是汲取知識的途徑，亦有助於提高個人的文化素養。

歷史研究，建基於客觀史實。所謂「千秋功過，誰與評說？」——如何評價王安石，則有待史學家繼續發掘、補充資料，提出真知灼見。

本文圖片，由觀塘劇團提供，謹此致謝。

人生即遍路

在眾多朝聖之路中，獲選為世界遺產的，日本的「熊野古道」是其中之一。不過，日本還有另一條朝聖之路，亦相當精彩，它就是「四國遍路」。

「遍路」歷史背景

四國，就是日本四大島嶼中，位於西南的那一個。由於島上有四個諸侯國，包括阿波、土佐、伊予及讚岐，因此被命名為四國。

「四國遍路」指的是日本四國大規模的寺廟朝聖，朝聖者會走遍弘法大師（空海）的修行地，橫跨四國的四縣，包括德島、高知、愛媛、香川，巡拜四國八十八所佛寺，亦稱為「四國巡禮」。

平安時代（七九四—一一八五）的修行僧，追隨弘法大師的足跡，以苦行的方式來修煉，遂出現「遍路」雛型。十二至十五世紀期間，一群以高野山為根據地的遊行僧，常往四國，從事宣教工作，遍路因而成型。

大約自十七世紀起，「四國遍路」的朝聖者，不再只限於僧侶，逐漸普及至一般平民大眾。由那時開始，一直有大量群眾，走上朝聖之路。

四國八十八所佛寺分佈如下：

（一）德島縣（阿波）：「發心的道場」（起點區），起心動念，開始行動，二十三所寺，長約一百五十公里。

（二）高知縣（土佐）：「修行的道場」（嚴峻修行區），加強精神的訓練，十六所寺，長約三百三十公里。

（三）愛媛縣（伊予）：「菩提的道場」（斬斷煩惱區），往極樂淨土邁進，二十六所寺，長約三百三十公里。

（四）香川縣（讚岐）：「涅槃的道場」，（戰勝煩惱區），來到解脱的境界，二十三所寺，長約一百四十公里。

四縣的文化各具特色，佛寺及路線亦各異，如德島縣的遍路道以多山著名，高知縣的遍路道，則一直靠着太平洋海岸線。在遍路道上，朝聖者會經過田園、山路、公路、小鎮、城市，會登上高山，也會踏過低谷，甚至會走進空無一人的深山，沿途的風景優美，地貌亦豐富多變。

「弘法大師」空海

活躍於九世紀的僧人空海，是開闢「四國遍路」的人，他年青時曾在四國的山谷修行，其修行之道，其後被歸納成八十八個聖地。

空海（七七四—八三五），俗名佐伯真魚，出生於讚岐國多度郡（今香川縣）世家。傳說其母阿刀氏，夜夢梵僧入懷，因而受孕。父親佐伯氏是武士家族，屢建功勳，阿刀氏一族多出高僧，故空海得以早聞佛義。

空海十二歲時，跟隨舅舅學習漢學，讀誦《論語》、《孝經》等典籍。十五歲時，初遊京都奈良，接觸到佛教文化，心生嚮往。三年後，入奈良的大學研習佛、儒、道三教之學，對於漢學的詩、史、經、集，無不嫻熟。空海志心佛道，著《三教指歸》，闡述佛教與其他宗教不同之處，他認為佛教宣說善惡報應和解脱涅槃之道最為優越，並以主張成佛理論的大乘最值得崇奉，此乃空海初探佛門之始，亦為日本「佛道儒三教一致論」的最初著述。

此後，他回到故鄉四國，跋涉各名山大川，於寂靜無人之境修煉密法，思維法義，以苦修的方式來修行。二十歲時，他在石淵寺出家，兩年後，在奈良東大寺受具足戒，得法名「空海」。少時的文化底蘊，奠定了良好的基礎，令他在佛法方面的學習突飛猛進。寺內的佛教典籍有限，空海仰羨大唐文化，為了追求佛法，他決定遠赴大唐。

八〇四年七月，空海與最澄，以及留學生橘逸勢，隨遣唐使渡海。同年八月，船抵福州；十二月，入長安城就學。次年，空海與西明寺志明、談勝法師等五、六人，於西安青龍寺，遇東塔院和尚密教〔註〕七世祖惠果，空海遂拜惠果為師。

惠果法師生於七四六年，九歲時隨不空法師的弟子曇貞，研習諸經。二十歲於青龍寺正式出家受具足戒。其後繼不空為青龍寺東塔院灌頂國師，時稱青龍和尚。

惠果親自給空海傳授了

走在道上的「遍路者」

兩部大法，和一切密教法具，賜與「遍照金剛」之名。他以三個月時間，承習一切密法，成為最早學習密宗的日本僧人。

惠果傳法完畢，心安泰然，於八〇五年十二月在青龍寺圓寂。圓寂之日，惠果囑咐空海快回國傳法去。空海奉敕撰惠果碑文，碑文近兩千字，在中國已亡佚，幸而在他的漢詩文集《性靈集》中保存下來。其後，空海和尚拜別同門師兄弟，還寫下一首詩〈留別青龍寺義操闍梨〉，道出惜別之情：

同法同門喜遇深，隨空白霧忽歸岑。
一生一別難再見，非夢思中數數尋。

八〇六年八月，空海攜帶秘法心要及內、外典籍數百部書冊，乘船返回日本。回國後，空海習得的佛法和文學，大大影響了日本的宗教思想和文化。他大力弘揚密教，創真言宗。

空海最初暫住築紫的觀世音寺，不久遷到京都高雄山寺，直到八二三年遷往東寺前，此地為他傳佈真言密宗的基地。真言宗主張「即身成佛」，透過平時修行的累積，感知大日如來佛的存在，即能成佛。除了開壇講法，收徒傳授，空海還撰寫了多部闡述佛家教義的著作。

空海在對顯宗、密宗二者判教時，形成了其一套說法，其中最為重要的就是「十住心」說。

八一六年，空海得嵯峨天皇允許，在被譽為「現世淨土」的高野山（Koyasan）上創建金剛峰寺，成為真言宗的道場。八二三年，空海又獲賜東寺，作為密教大本山。為區別最澄所傳的天台密宗（台密），真言密宗取東寺之名而稱「東密」。

空海長於書法，被公認為日本平安時代書法家代表，與嵯峨天皇、橘逸勢共稱三筆，遺留墨寶有《風信帖》等。此外，他亦擅長漢詩和駢賦，也是文學理論家，曾撰寫《文鏡秘府論》。

他也是教育家，八二八年，在京都開設「綜藝種智院」，建立了日本第一所專門培養平民子弟的學校，費用全免。

八三五年三月，空海大師在高野山圓寂。九二一年，醍醐天皇追賜「弘法大師」的謚號。可是，直到今天，仍有日本人認為他沒死，只是「入定」而已。

空海一生撰述頗多，在佛教方面的著作有《辨顯密二教論》二卷、《秘密曼荼羅十住心論》十卷、《般若心經秘鍵》等。文學方面則有《文筆眼心抄》、《性靈集》等。

空海來華初期，曾到過蘇州，參拜寒山寺。如今，寺內的弘法堂，供有三尊銅像，正中為唐代高僧玄奘，右側是東渡日本弘法的鑒真，左側就是空海的銅像，可見他在中國佛教史上，亦有一定的地位。

八四五年（唐武宗會昌五年），武宗及宰相李德裕崇信道教，嚴禁佛教，毀佛寺四萬餘，下令二十六萬僧尼還俗，史稱「會昌法難」。經這次滅佛，佛教在中國由極盛走向衰微，反而在日本得以流傳下來。

後世的日本人，都稱空海為「大師」。

「四國」朝聖之旅

「四國遍路」的歷史，至今已逾一千二百年，朝聖者要跨越四個縣（德島、高知、愛媛、香川），整個旅程，全長約為一千二百公里。

日本人非常重視遍路，對朝聖者的國籍、宗教，全無限制，而朝聖的方式亦無任何規限。四國人很純樸親切，他們將遍路徒步者稱為「お遍路さん」（遍路者），「遍路者」通常頭戴草笠，身穿指定白衣、輪袈裟，手持金剛杖，這是最基本的配備，也是朝聖者的標誌。當穿上白衣出發，代表有死在路上的心理準備，在以前，走在四國路上，的確存在危險。古時的「遍路者」會在金剛杖上刻上名字，如果在路上遇到不測，白衣就會直接成為壽衣，金剛杖則成為墓碑。

「遍路者」通常獨自出發，走在道上，有所謂「同行二人」的說法，指的是「與大師二人同行」。「四國遍路」是艱苦的旅程，金剛杖是弘法大師的象徵，手中拿着金剛杖，好像與大師同行在一起，會有不可言喻的安全感，縱使遇上困難險阻，亦有繼續前行的勇氣。此外，草笠可遮擋陽光和雨水；頭陀袋是布製肩袋，可用作擺放參拜寺廟後記錄朱印的「納經帳」，以及隨身的貴重物品等。

「遍路者」從靈山寺出發 —

「遍路者」的裝束

至於其他朝聖用品，則有御影入、納札、經本、念珠、線香、蠟燭、打火機等，是前往佛寺參拜時必備的東西。位於德島上的第一所寺院靈山寺，備有朝聖用品，上述的服裝及用具，亦可在寺院或附近的商店購買。

進入寺院參拜，亦有一定的步驟：

（一）山門：於寺門行禮，鞠一個躬，以驅除身上邪惡。

（二）水屋：往洗手間洗手和漱口，以潔淨身體內外，掛上輪架裟和準備念珠。

（三）鐘樓：敲鐘一次，有稟告本尊即將到來參拜之意。

（四）本堂：點一根蠟燭、三柱線香（代表過去、現在、未來），供上燭台，在納札箱投入寫上名字、住址的納札，在賽錢箱投入奉納的零錢，然後開始合掌誦經，主要唸一遍《般若心經》，再唸三遍「御寶號」：「南無大師遍照金剛」。

（五）大師堂：重做一次在本堂的步驟。

（六）納經所：參拜完後，往納經所為納經帳蓋上朱印和墨書。

（七）山門：離開時，出山門後再回轉來行一個禮，然後再往下一個寺院出發。

面對寺院供奉的諸佛及弘法大師空海，祈禱誦經固然非常重要，而在「納經帳」蓋上朱印，藉着朱印，加上精彩的書法，亦可作為朝聖的紀念。

靈山寺 —

四國的地理環境比較獨特，既有大海，也有深山。平靜的瀨戶內海、廣闊的太平洋創造出溫暖的氣候，深山則蘊藏豐饒的資源，亦帶來美麗的大自然景觀。這種風土孕育出來的，是一種「好客」的溫情，當地的居民大都很友善，仍保有傳統的生活方式。

遍路者穿上特定的裝束，在路上遇上當地人，他們多會互相點頭示好，或指點道路方向，有時甚至會送來飲品食物，幫助或照顧別人，令他們路上平安無事，這是「四國遍路」的文化。對當地人來說，接待遍路者，不單只是公益行動，也有宗教信仰的意義，他們視遍路者為「弘法大師」的替身，可代替自己往遠方的寺廟參拜，從而積德儲福。

人生即遍路

據說，古代的日本，有一段時間，庶民只能以出外參拜，作為旅行的理由。而江戶時代，有些地方更以「遍路」作為成人禮，認為走過「遍路」，才算是大人。

今時今日，人們踏上「遍路」，各有不同的原因，有些人為了實現個人願望，或祈求健康、家人安全等，有些人則為了追悼先人，或視之為精神鍛煉，甚至是單純為了興趣。近年，走「四國遍路」的外國人，亦與日俱增。

這條長約一千二百公里的朝聖之路，除了步行，我們可以踏單車、駕車，還可以坐計程車、公共交通工具等，各適其適。如要徒步一次走畢全程，大概要四十五天，踏單車要二十天，駕車則為十天左右。當然，大家不必拘泥於一次過走完八十八所寺院，有些人會分開四次，每次走一個縣，每個人可以按照自己的條件，去計劃路程，完成自家的朝聖之路。

四國遍路之心，就是「締造求存決心之道路」。在日本人心中，如果有事情想不開的話，就會去走遍路，走完之後，可能會看通看透，放下心中的執着。在漫漫長路當中，行行重行行，思考自己面對的事情，讓五感與自然直接交流，亦有療癒身心之效。畢竟「走路」，就是一種哲學。

朝聖與靈修的關係非常密切，朝聖的最大目的，是為了靈修。一般人過着平凡的生活，也可以透過朝聖之路，追求個人在心靈上的滿足，從而尋求靈修之境地。在朝聖的過程中，既無法預測接下來發生的事，亦會遇到意想不到的體驗，對個人帶來重要的影響，甚或會改變生命的方向與步伐。

在二十一世紀的今天，遍路者都深信，「弘法大師」慈悲之心正在庇護着這條路。四國遍路，是不折不扣的心靈之旅，步行在有山有水的大自然中，遊走於聖地之中，滌盪情志，心靈隨即澄明起來，此亦悟道之源也。

走在遍路道上，經常可以看到「人生即遍路」的石碑或石柱，那是日本俳句詩人種田山頭火的名言。人生在世，既有艱辛，也有輕鬆的時刻，步過晴天有時，走過雨天亦有時，在遍路道上徒步而行，何嘗不是一樣！

註：佛教密宗流派，源於印度，在唐玄宗開元年間傳入，主要以金剛界、胎藏界兩部密法為主，稱為二部純密。密教教義可用《大日經》卷一所說「菩提心為因，大悲為根本，方便為究竟」來概括。唐朝之後，兩部密法在中國失傳，外傳至日本，現時日本所傳的東密、台密兩個流派皆源自唐密。

作者補誌

二〇一九年夏天，因緣際會，訪問了夏其龍神父，因而認識了這位學者。一直期待能追隨他作「文化遊」，也想跟他學習「拉丁文」。二〇二〇年初，幸得夏神父及中大「文化及宗教研究系」允准，讓我旁聽碩士課程「宗教文化田野考察」，無奈疫症肆虐，未能前往馬六甲進行田野考察，課程遂臨時改為「靈修與朝聖」，供同學選讀。我對此專題亦深感興趣，於是透過網上學習，研習有關課題。課程修畢後，我亦撰寫了一篇文章，探討日本的朝聖之路——「四國遍路」與靈修的關係，作為期終習作，藉此向夏神父致以衷心的謝意。

本文頁233、237圖片，由張惠琼女士提供，謹此致謝。

後記

我亦是行人

五月初，沿着河邊的小公園散步，夾道綠蔭裏，鳳凰木的紅花，已在樹梢燃亮起來，火豔豔的，份外搶眼。今天走過，花已凋零落盡；旁邊的洋紫薇卻悄悄地開花了，一簇簇的粉紫，掛在枝頭上……

花開花落相關意，雲去雲來自在心。

近幾年來，除了出外旅遊的日子，在家中讀書、寫作，已成了生活中不可或缺的一部分。

「我寫，故我在」——生活中的點滴細節，其實都可以化成文字。

《字旅人間》輯錄的文章，主要分為三部分。

「風景依稀過眼生」，撰寫的，是在外地隨處遊走的路上風景。人在旅途上，自會特別留意當地的人和事物，不同的國家，不同的城市，或遠或近，或陌生或熟悉，從伊朗到外蒙古，從貝加爾湖到輕井澤，總有不一樣的風貌，不同的文化、歷史……我嘗試利用素描的方式，將遊歷時的風光見聞，以文字呈現出來。

「為有源頭活水來」，記錄的，是屬於香港這片土地的文化風景。無論聽講座，還是看展覽，總有教人怦然心動之處。從小思的訪談錄，到西西的研究資料；從「當豐子愷邂逅竹久夢二」，到「香港印象」展覽，捕捉下來，就成了此時此地的記憶。

「人間有味是清歡」，書寫的，是個人的生命行旅。世路漫長多變，在尋常生活中，總會遇到不同的人，碰到不同的事。觀影賞劇，記事懷人，來自白馬湖畔的靈感、《白蛇》的啟悟，面對疫症的反思……描畫下來，何嘗不是人間的一道流動風景！

「人生如逆旅，我亦是行人」，願從從容容地走下去，也寫下去。

感謝樊善標先生為本書寫序，也感謝葉榮枝先生為封面題字。

感謝提供照片，以及為本書盡力費心的朋友。

所有的鼓勵和支持，我銘記於心。

馮珍今

二〇二一年六月

香港藝術發展局
Hong Kong Arts Development Council 資助

香港藝術發展局全力支持藝術表達自由，本計劃內容並不反映本局意見